Schattenfell

\

D1666251

Schattenfell

Markus Warken

Für meine Kinder

www.bvd.de

Bibliografische Information der Deutschen Bibliothek
Die Deutsche Bibliothek verzeichnet diese Publikation
in der Deutschen Nationalbibliografie; detaillierte bibliografische Daten sind im Internet über http://dnb.ddb.de
abrufbar.

© 2009 by Biberacher Verlagsdruckerei GmbH & Co. KG

Herstellung und Verlag:
Biberacher Verlagsdruckerei GmbH & Co. KG,
88400 Biberach, Leipzigstraße 26
Zeichnungen: Gabi Strauß
Titelfoto: Volker Strohmaier

1. Auflage · ISBN 978-3-933614-55-1

Inhalt

Ankunft auf *Drei Eichen* 7

Der Tausch 21

Die alte Trude 38

Die Sage vom Erlenprinz 43

Ein gewagter Plan 54

Doch nicht der Erlenprinz 67

Kann ich mal deine Pferde sehen? 82

Diebe in der Nacht 117

Auf eigene Faust 127

Alte Bekannte der Kollegen in Ulm 142

Da hat das rote Pferd 147

Ankunft auf *Drei Eichen*

„Warum darf man an einem solchen Tag nicht rein in den Stall? Oder, noch viel besser, auf die Nordweide mit dem Birkenwäldchen am See? Hier komme ich um vor Hitze und dazu bringen die Fliegen mich noch um den Verstand!"

Schattenfell steht am Zaun der kleinen Koppel direkt hinter den Ställen. Seinen Namen bekam der junge Hengst wegen seiner auffälligen Fellzeichnung als Fohlen. Damals war er fast völlig schwarz und sein Fell schimmerte so in der Sonne, dass er manchmal mit seinem Schatten zu verschmelzen schien. Heute, zweieinhalb Jahre später, haben sich seine Flanken zu einem Schiefergrau aufgehellt. Der Kopf und die Beine sind jedoch immer noch viel dunkler. Mähne und Schweif sind sehr hell, fast gelblich, wenn man von dem breiten, schwarzen, hell umrahmten Aalstrich absieht.

„Gestern hat Nicole meine Schweifhaare geflochten und heute Morgen ist sie abgereist, wie die anderen Kinder auch. Jetzt sehe ich hübsch aus, findet jedenfalls Nicole. Aber der geflochtene Schweif taugt nicht mal mehr zum Vertreiben der Fliegen!", brummelt der junge Hengst und tänzelt unruhig.

Eigentlich möchte er aber nirgends sonst sein als auf seinem Ausguck, denn Schattenfell freut sich wie immer auf die neuen Kinder. Trotz der Hitze und der Fliegen steht er am Koppelzaun in der prallen Sonne, beobachtet die Auffahrt und wartet ungeduldig.

„Endlich! Da kommen schon die ersten Neuen."

Das dunkelgraue Pferd verfolgt aufmerksam, wie eine große dunkle Limousine langsam die mit Kopfsteinen gepflasterte Allee entlangfährt. Ein Mädchen mit langen braunen Haaren sitzt auf dem Rücksitz. Mit glänzenden Augen schaut sie auf die etwa zwanzig Pferde, die, abgesehen von Schattenfell, ruhig grasend auf der Weide stehen. Nur manchmal zuckt ein Schweif, um Fliegen zu vertreiben.

„Mal sehen, was die kommenden beiden Wochen bringen werden. Die vierzehn Tage mit Nicole waren die besten in diesem Jahr. Sie hat sich immer Mühe gegeben beim Striegeln und hat den Sattelgurt nie zu fest angezogen. Außerdem hat sie mir abends meist noch eine Extramöhre zugesteckt. Sie hätte ruhig länger bleiben können."

Nicole heißt das Mädchen, das während der letzten Reiterferien Schattenfell gepflegt und geritten hat. Der Hengst ist freundlich und gutmütig, solange man ihn ordentlich behandelt. Reiter kommen und gehen, bringen jedoch auch Abwechslung, so dass es nie langweilig wird. Gelassen beobachtet das Pferd, wie das Mädchen mit den braunen Haaren seinen Rollkoffer ins Gutshaus bringt und sich dann von seinem Vater verabschiedet. Nichts Besonderes fällt ihm an ihr auf. Kein Anzeichen deutet darauf hin, wie die nächsten zwei Wochen sein und ihr Leben tiefgreifend verändern werden.

„Wenn ich nur nicht wieder so eine Zicke bekomme wie die Caroline letztens!"

Schattenfell weidet ein Büschel des saftigen Grases unter dem Koppelzaun ab und kaut genüsslich.

Von seinem Standplatz aus kann Schattenfell die Auffahrt zu *Drei Eichen* gut überblicken.

Die große dunkle Limousine fährt langsam davon. Früher war *Drei Eichen* ein kleiner Landsitz eines eher unbedeutenden Grafen. Aber früher ist lange her und heute gehört das Gut der Familie Schwegler. Auf ihrem Reithof kann man seine Pferde einstellen und natürlich reiten in der großen überdachten Reithalle, den großzügigen Reitbahnen oder in den vielen Wiesen und Wäldern ringsumher. Aber vor allem kann man hier seine Sommerferien zu

Reiterferien machen! Alle zwei Wochen kommen neue Kinder, den ganzen Sommer über, und heute kommen die letzten Kinder für dieses Jahr an. Danach beginnt für Schattenfell wieder der langweilige Teil des Jahres. Aber noch ist es nicht so weit. Die meisten der Kinder werden von ihren Eltern gebracht. Nur wenige kommen mit dem Zug. Gerade fährt Herr Schwegler mit fünf Kindern, die er in der Kutsche vom Bahnhof abgeholt hat, die Allee entlang. Jedes Kind durfte auch mal die Zügel halten und die Kutsche lenken. Die Stimmung ist prächtig – so kann es weitergehen. Als die Kutsche vor dem Gutshaus hält, ruft Herr Schwegler: „Na, wer will die Pferde begrüßen?", und dann gibt es kein Halten mehr! Die Kinder springen von der Kutsche und laufen jubelnd zu den Tieren.

„Halt, macht nicht so einen Lärm, sonst erschrecken doch die Pferde!", ruft Herr Schwegler ihnen nach. „Gleich neben der Stalltür steht ein Eimer mit Möhren. Die dürft ihr zur Begrüßung verfüttern."

Schattenfell, der vorneweg zum Koppelzaun trabt, bekommt die erste Möhre von dem Mädchen mit den langen braunen Haaren. Nach und nach kommen auch die übrigen Pferde und Ponys angetrottet.

„Hast du noch nie ein Pferd gefüttert?"

Kristin, so heißt das Mädchen mit den braunen Haaren, hat beobachtet, dass das Mädchen neben ihr die Möhre in der geschlossenen Hand hält und sich ein bisschen vor dem ungeduldigen Hengst zu fürchten scheint. Sie ist etwa zehn Jahre alt, sieht sehr sportlich aus und schaut unternehmungslustig mit ihren kaffeebraunen Augen um sich. „Schau mal", sagt sie und legt sich eine kleine Möhre auf die flache Hand, von wo sie ein geschecktes Pony, das gerade zum

Koppelzaun gekommen ist, vorsichtig mit den Lippen schnappt. „So kann dich das Pferd auch nicht aus Versehen beißen. Manchmal sind sie halt ziemlich stürmisch."

„Nein, das sind meine ersten Reiterferien", antwortet das andere Mädchen etwas schüchtern.

Sie hat schwarze Locken, blaue Augen und fühlt sich ein wenig unsicher in der neuen Umgebung. Beide sind ungefähr gleich alt.

„Pferde finde ich toll, aber wir wohnen in der Stadt. Deswegen habe ich sie bisher leider meistens nur aus der Entfernung gesehen und bin bislang nur selten geritten. Ich heiße übrigens Monika."

„Ich heiße Kristin und bin jetzt schon das dritte Jahr nacheinander hier. Die Reiterferien sind einfach die beste Zeit des Jahres! Die normalen Reitstunden zu Hause sind überhaupt kein Vergleich. Und *Drei Eichen* ist ein ganz besonderer Reiterhof. Das wirst du sicher schnell merken. Komm mit, ich zeige dir alles."

„Das ist der Stall, in dem die Pferde nachts meistens stehen", erklärt Kristin. „Manche bleiben nachts auch draußen auf der Weide. Das hier vorne ist die Sattelkammer. Da holt man sich morgens Sattel und Zaumzeug und bringt abends alles wieder zurück."

Auf Stangen hängen eine Unmenge Sättel und Zaumzeuge in einer kleinen Kammer.

„Hat jedes Pferd seinen eigenen Sattel?", fragt Monika erstaunt.

Sie hat Namensschilder entdeckt.

„Ja, die meisten schon. Die Tiere sind ja auch unterschiedlich groß."

Die beiden schlendern durch die breite Boxengasse. Alles ist ganz ruhig, nur Schwalben fliegen mit hellem Piepsen dicht an ihren Köpfen vorbei.

„Wo sind denn die übrigen Pferde? Meinst du, das da vorne waren alle, die es hier gibt?"

„Bei so schönem Wetter sind sie meistens draußen auf der Weide. *Drei Eichen* hat ziemlich ausgedehnte Koppeln, die man nicht so einfach überblicken kann. Du hast schon recht, dass das eben nicht alle Tiere waren. Ach, schau, da drüben ist doch noch eins."

Fast am Ende der Boxengasse streckt ein großes braunes Pferd neugierig den Kopf aus seiner Box. Leise schnaubend genießt Ultimo, so heißt der Wallach, das Streicheln der beiden.

„Gibt es hier denn gar nichts, was man ihm füttern kann?", wundert sich Monika.

Die Boxengasse ist ganz sauber gefegt, so dass man nicht einmal eine Handvoll Heu aufklauben könnte.

„Nein, der Stall ist immer so sauber. Aber versuch es mal mit der leeren Hand. Manchmal möchten sie den salzigen Schweiß ablecken und das kitzelt total toll."

Ultimo macht seinen Hals so lang wie möglich, damit man ihn auch gut streicheln kann. Es dauert lange, bis die beiden sich wieder losreißen können und schließlich weitergehen.

„Hast du die Schwalbennester gesehen?", fragt Kristin.

„Ja, das finde ich richtig prima. Die meisten scheinen schon leer zu sein."

„Es kann nicht mehr lange dauern, bis sie wieder nach Süden fliegen. Aber in einigen Nestern sind noch Küken. Hoffentlich werden die noch rechtzeitig flügge!"

Die beiden Mädchen sind sich auf Anhieb sympathisch.

„Schau mal, da vorne in der Reitbahn reitet jemand."

Kristin hat eine junge Frau entdeckt, die auf einem großen Fuchshengst reitet. Leider gibt es nur noch wenige Bahnen im Galopp und schnellen Trab zu sehen, bevor die Frau langsam zum Stall kommt. Das Pferd lässt müde den Kopf hängen.

„Na ihr beiden", ruft die Frau freundlich und steigt ab. „Ihr seid sicher zu den Reiterferien gekommen."

Etwas schüchtern nicken die beiden.

„Wollt ihr mir ein bisschen helfen?"

Aber klar! Mit leuchtenden Augen helfen sie beim Absatteln, Zaumzeug säubern, Hufe auskratzen und Füttern. Viel zu schnell steht Loki, so heißt das Pferd, in seiner Box und es gibt nichts mehr zu tun.

„Bis nachher!", verabschiedet sich die Reiterin. „Wir werden uns diese beiden Wochen noch ganz oft sehen."

Die beiden schauen ihr nach, bis die schlanke Gestalt um die Ecke gebogen ist, und gehen dann rüber zur Koppel, wo einige Pferde ganz nahe am Zaun stehen.

Der Rest des Tages vergeht wie im Flug. Monika und Kristin haben sich schnell angefreundet und bekommen ein gemeinsames Zimmer für die Reiterferien. Das hat ja klasse begonnen!

„Guten Abend und nochmals herzlich willkommen zu den Reiterferien auf *Drei Eichen*." Mit diesen Worten tritt Herr Schwegler vor die Kinder, die sich alle im Speisesaal für das erste gemeinsame Abendessen der Reiterferien versammelt haben.

„Wir haben ein perfektes Wetter bestellt und ich möchte euch zuerst Petra vorstellen. Sie wird in den kommenden zwei Wochen eure Reitlehrerin sein."

Petra Wieland ist eine schlanke, mittelgroße Frau von zweiundzwanzig Jahren und auf einem Gestüt aufgewachsen, wie die Kinder erfahren. Sie ist eine sehr erfolgreiche Turnierreiterin, vor allem hat sie im Vielseitigkeitsreiten mehrere Titel gewonnen, was Herr Schwegler aber nur mit einem Lächeln andeutet. Er weiß aus Erfahrung, dass die Kinder das schon selber herausfinden werden und dann nochmal so gerne von Petra lernen möchten.

„Schau mal, das war die Reitlehrerin eben", flüstert Monika Kristin zu. „Die scheint ja supernett zu sein."

„Der normale Tagesablauf wird sein, dass ihr vor dem Frühstück um 7.30 Uhr erst mal mit Karl die Pferde versorgen und die Ställe sauber machen werdet. Nach dem Frühstück folgen Reitstunden bei Petra und mir", erklärt Herr Schwegler. „Danach Mittagessen, eine kurze Nachmittagslektion, bei der es möglichst bald um konkretes Üben von Dressur oder Springreiten gehen wird. Am späten Nachmittag könnt ihr dann in Gruppen zusammen ausreiten und die Gegend genießen, wenn ihr schon fest genug im Sattel sitzt. Wir entscheiden, ob noch eine Begleitung mitkommt oder ob ihr auf den umliegenden Wegen alleine reiten dürft."

Alleine ausreiten! Herr Schwegler wartet lächelnd, bis sich die Aufregung wieder gelegt hat, bevor er weiterspricht: „Im Anschluss werden wir hier im Gutshaus abendessen und ab 22 Uhr ist Ruhe auf den Zimmern."

Richtig prima finden alle, dass am ersten Morgen jedem Kind ein Pferd für die ganzen Ferien zugeteilt wird, das es dann reiten und versorgen wird. Nach dieser Ankündigung will das Gemurmel der Reitschüler gar nicht mehr aufhören. Die meisten haben die ersten Stunden genutzt und sich schon mal die Pferde angesehen. Welches werden sie bekommen?

„Hört bitte noch ein bisschen zu", verschafft sich Herr Schwegler mühsam Gehör, „auch wenn das Organisatorische weniger prickelnd für euch ist."

Das Flüstern wird deutlich leiser.

„Es gibt einen genauen Plan für alle Reitstunden und Veranstaltungen, der da vorne im Speisesaal aushängt."

Besonders laut wird das Gemurmel erst wieder, als er erklärt, dass es auch diesmal zum Abschluss der Reiterferien einen allgemeinen Wettbewerb im Vielseitigkeitsreiten, also Dressur, Geländeritt und Springreiten, geben wird.

„So, und jetzt möchte ich euch nicht länger vom Essen abhalten – ihr habt sicher einen Bärenhunger!", endet seine Ansprache unter lautem Applaus der Kinder.

Die Reitschüler drängen hungrig zum Buffet. In einer dicken Traube steht alles vor dem langen Tisch mit Salaten, Würstchen, Brötchen, Obst und Käse, aber wo sind die Teller?

„Das ist ja das blanke Chaos", brummt Kristin. „Komm, wir bewaffnen uns erst mal mit dem nötigen Werkzeug, bevor wir uns ins Getümmel stürzen."

Sie deutet auf die Anrichte, wo sie die Teller und Bestecke erspäht hat. Flink holen sich die beiden, was sie brauchen, und stellen sich zum Essen an.

„Ich bin die Alexandra-Christiana", stellt sich ein großes Mädchen neben ihnen geziert vor, „aber meine Freunde nennen mich Lexa."

Sie ist sehr hübsch, hat lange blonde Haare und ist ausnehmend schick gekleidet. Eine elegante Kopfbewegung und ihr Haar fliegt in einer leichten Welle aus ihrem Gesicht. Gewohnt, im Mittelpunkt zu stehen, schaut sie sehr genau, mit wem sie sich abgibt. Neben ihr stehen schon zwei andere Mädchen, die sie bewundernd ansehen.

„Möchtest du dich zu uns setzen?", lädt Alexandra-Christiana Kristin ein. „Dann hätten wir einen Tisch voll und bräuchten nicht zu befürchten, dass irgendwelche Langweiler auf dumme Gedanken kommen."

Die ebenfalls sehr gut aussehende, etwas jüngere Kristin würde gut zu ihr passen, denkt sich die eitle Alexandra-Christiana, so dass sie sich sicher sein könnte, während der Reiterferien immer alle Aufmerksamkeit auf sich zu ziehen. Die anderen Mädchen scheinen ihr nicht der Rede wert. Kristin hat die Lage mit dem ersten Blick richtig eingeschätzt.

„Wir sind schon zu zweit", antwortet sie kühl.

Die eingebildete Alexandra-Christiana ist absolut nicht ihr Typ. Ganz im Gegenteil, denn an Äußerlichkeiten liegt ihr wenig.

„Aber vielleicht möchtest du dich zu uns setzen", lädt Kristin lächelnd ihrerseits ein.

Sie weiß, dass Alexandra-Christiana das nie annehmen wird. Erstaunt schaut diese Kristin an. So eine Zurückweisung ist sie nicht gewohnt. Ihr Blick fällt auf die vom Äußeren eher unscheinbare Monika. Kristin zieht Monikas Gesellschaft ihrer vor?

‚Da muss ich gleich die Verhältnisse gerade rücken‘, denkt sie brüskiert.

„Na Kleine, hast du so einen Hunger?"

Abschätzend blickt Alexandra-Christiana Monika an. Das Mädchen mit dem schlabbrigen Pullover und der markenlosen Jeans taugt nicht für ihr Gefolge. Die ist sicher ein einfaches Opfer zum Hänseln.

„Nun ja", hilft Kristin mit kühler Stimme, denn sie hat Monikas erschrockenes Gesicht gesehen. „Im Gegensatz zu euch dreien hat sie schon Teller und Besteck gefunden. Oder esst ihr bei euch zu Hause mit den Fingern?"

Die Umstehenden halten die Luft an. Wird es jetzt Zoff geben?

„Teller sollte man doch am Anfang des Buffets erwarten!", faucht Alexandra-Christiana.

Ihre Augen sind wütend zu Schlitzen verengt.

„Pass nur auf, was du sagst!"

„Ich zittere", erwidert Kristin gelassen und wendet ihr demonstrativ den Rücken zu.

Sie zwinkert Monika zu. Ein warmer Schauer läuft Monika über den Rücken. Es ist schön, wenn man sich auf jemanden verlassen kann.

Es dauert lange, bis die Kinder endlich müde werden und auf ihre Zimmer gehen. Monika und Kristin haben sich besonders viel zu erzählen. Kristin war letztes Jahr Dritte im Wettbewerb der unter Zehnjährigen und hat sich fest vorgenommen, dieses Jahr zu gewinnen. Allerdings wird sie jetzt mit zehn Jahren in der Altersklasse der Zehn- bis Dreizehnjährigen starten müssen, wenn alles so ablaufen wird wie im letzten Jahr. Noch stundenlang kichern und albern sie in ihren Betten, bis sie endlich einschlafen.

Der Tausch

Der nächste Morgen beginnt mit einem wunderschönen Sonnenaufgang. Blutrot leuchtet der Feuerball am Horizont im wolkenlosen Himmel. Über den Wiesen stehen kleine Nebelbänke und die Tautropfen glitzern im Licht der aufgehenden Sonne. Kristin ist ganz früh aufgestanden, weil sie als Erste in den Stall möchte. Dabei hat sie heute Nacht vor Aufregung ohnehin kaum ein Auge zugetan. Sie kommt aus dem Gutshaus geschlendert und reibt sich den Schlaf aus den Augen. Gestern hatte Herr Schwegler ja angekündigt, dass auch dieses Jahr am ersten Vormittag die Pferde

verteilt werden. Schon als kleines Kind hat Kristin mit dem Reiten angefangen und ist für ihr Alter eine hervorragende Reiterin. Letztes Jahr durfte sie Schneesturm reiten, eine bildschöne Trakehnerstute, stolz, temperamentvoll und stark.

Dieses Pferd stellt hohe Anforderungen an seinen Reiter, aber es ist einfach atemberaubend, mit ihr im Galopp über die Felder zu jagen. Und natürlich kann man sicher sein, von allen anderen um dieses Tier beneidet zu werden.

‚Es wird nicht leicht werden, auch dieses Jahr wieder Schneesturm zu bekommen, aber es wäre toll!‘, denkt Kristin, als sie die Stalltür öffnet. ‚Mal sehen, welche Pferde sonst noch da sind.‘

Ein braunes Pony, das direkt neben der Stalltür seine Box hat, schnaubt leise und schaut neugierig nach Kristin. Die Pferde sind schon lange wach und warten auf Karl, den Stallknecht, der sie auf die Weide lassen wird, bevor er den Stall sauber macht. Während der Reiterferien wird jedes Kind für „sein“ Pferd sorgen, nur am ersten Morgen muss Karl ran.

Langsam geht Kristin weiter und schaut sich die Pferde an. Sie geht zu den Tieren hin und streichelt sie ein bisschen, manchmal geht sie auch in die Boxen hinein. So kann sie ein Gefühl dafür entwickeln, welches Pferd ihr zusagen würde, wenn es mit Schneesturm doch nicht klappen sollte.

‚Da, der Apfelschimmel wäre wohl auch nicht schlecht – ein richtig schönes Pferd', überlegt sie.

„Na, Struppi, wie heißt du denn?"

Als sie Schattenfell sieht, kräuselt sie spöttisch die Lippen. Morgens, vor allem wenn sie wie heute unausgeschlafen ist, kann sie sehr launig und zickig sein, was sonst überhaupt nicht ihre Art ist.

„Schattenfell – aha", liest Kristin von einem Schild an der Boxentür ab.

Spielerisch und eher unbewusst lässt sie ihre Reitpeitsche auf die linke Handfläche klatschen. Schattenfell schnaubt nervös, was dem Mädchen aber zu entgehen scheint.

„Struppige Maus würde wohl besser passen", spottet sie.

Der Hengst hat sich gerade ausgiebig im Stroh gewälzt und sicher schon besser ausgesehen.

Er ist nicht besonders groß und die lange Mähne hängt zottig und voller Strohschnipsel um seinen Hals. Obwohl er Kristins Worte nicht verstehen kann, ist ihr Ton eindeutig. Die Respektlosigkeit ärgert ihn. Er hat ihr doch nichts getan. Und was soll die Reitpeitsche?

‚Was bildet sich diese Göre eigentlich ein?‘, denkt er. ‚Hoffentlich bekomme ich die nicht ab. Die stellt sicher noch Caroline in den Schatten.‘

Kristin steht jetzt direkt vor Schattenfells Boxentür. Durchdringend schaut sie den Hengst an. In dem Dämmerlicht wirkt sein Kopf fast schwarz und die Augen sind nicht zu erkennen. Wieder schnaubt er und legt die Ohren rückwärts flach an seinen Kopf, weil er sich zunehmend unwohl fühlt.

„Na na“, brummt das Mädchen herablassend und schiebt Schattenfells Kopf etwas unsanft aus dem Weg.

Trotzdem geht sie nicht weiter die Stallgasse hinunter.

‚Jetzt reicht's mir aber! Lass mich in Ruhe.‘

Er hebt seinen Kopf und streckt den Schweif von sich. Sein verletzter Stolz und sein Ärger sind eigentlich nicht zu übersehen, aber Kristin bleibt völlig unbeeindruckt. Sie weiß nicht, dass Schattenfell ein Dülmener Wildpferd ist, das sein erstes Lebensjahr in Freiheit am Rhein verbrachte. Später wurde er, wie alle Hengste im Mersfelder Bruch, eingefangen, und Herr Schwegler hat ihn dann gekauft und nach *Drei*

Eichen gebracht. Seine typische Tarpanfärbung zeigt, dass er ein Wildpferd ist, dessen Vorfahren in diesen Wäldern lebten, lange bevor die Menschen kamen. Er ist von Grund aus gutmütig, gradlinig und ein absolut zuverlässiger Freund, mit dem man gemeinsam durch dick und dünn gehen kann, wenn man es schafft, seine Zuneigung zu gewinnen. Behandelt man ihn aber schlecht oder versucht man, ihn zu zwingen, so zeigt sich die Unbeugsamkeit des in Freiheit Geborenen.

Warum sie auch noch in Schattenfells Box geht, hätte Kristin nicht sagen können. Irgendetwas strahlt von diesem Pferd aus, das sie unbewusst neugierig macht, obwohl sie eben noch über sein Aussehen gespottet hat. Vielleicht spürt sie den Stolz und das Selbstbewusstsein, die Schattenfell von seinen Wildpferdahnen geerbt hat. Sie dachte sich nichts dabei, als sie sich über ihn lustig machte. Pferde verstehen doch höchstens einzelne Wörter oder Laute wie „Hüh" und „Brrr", denkt sie wie viele, wenngleich sie als Pferdekennerin natürlich weiß, wie einfühlsam und sensibel diese großen Tiere sind. In ihrer momentanen Stimmung ist ihr das alles gleichgültig. Der Falbe ist inzwischen, da sie auch noch seine Box betreten hat, ziemlich verärgert und schnaubt gereizt. Tänzelnd drückt er sich gegen die Rückwand der Box, um Kristin soweit möglich aus dem Weg zu gehen.

„Ho, ho, sei doch nicht so nervös", sagt das Mädchen, während sie mit ausgestreckter Hand auf den Hengst zugeht.

Auf diese günstige Gelegenheit hat der hinterhältige Carlo, ein mittelgroßer, hellbrauner Wallach, der in der Nachbarbox steht, nur gewartet. Auf der Weide hätte er es nie gewagt, sich mit dem Wildhengst anzulegen, aber jetzt ist dieser abgelenkt und achtet nur auf das Mädchen. Seine Flanke ist gegen die halbhohe Wand zwischen ihren Boxen gedrängt. Darüber ist nur ein breites Gitter, durch das eine Pferdeschnauze problemlos hindurchpasst.

So fest er kann, beißt Carlo in Schattenfells Seite! Schattenfell ist völlig überrascht. Vor Schmerz wird ihm schwarz vor Augen. Reflexartig macht er einen kleinen Sprung nach vorne und stößt dabei Kristin um, die der Länge nach ins Stroh fällt, mitten in einen Haufen von Pferdeäpfeln. Ihre funkelnagelneue Reithose, auf die sie so stolz ist und die sie gerade erst geschenkt bekam, ist voller Mist. Mit Tränen in den Augen springt Kristin auf. Wie sieht sie denn jetzt aus?

So hat sie sich diesen Morgen nicht vorgestellt. Jähzornig greift sie sich einen Striegel, der auf der Mauer liegt und pfeffert ihn voller Wut gegen die Boxenwand.

Das ist jetzt wirklich zu viel für den stolzen Wildhengst.

‚Mach, dass du weg kommst!'

Drohend baut er sich vor Kristin auf. Mit weit aufgerissenen Augen und geblähten Nüstern steht er in der Box. So hoch er kann, hebt er den Kopf und den rechten Vorderhuf. Wütend peitscht der Schweif hin und her. Eigentlich wäre jeder Pferdekenner jetzt sehr, sehr vorsichtig geworden. Aber Kristin ignoriert die Drohgebärde des Hengstes wider besseres Wissen.

‚Verschwinde endlich, du Biest!', schnaubt er schon leicht verzweifelt, denn es fiele ihm nie ein, wirklich einen Menschen anzugreifen.

Dazu ist er viel zu gutmütig. Aber alles muss man sich ja auch nicht bieten lassen.

Kristin schaut nur böse zu ihm hin. Merkt sie denn wirklich nicht, dass jetzt mit dem Hengst nicht gut Kirschen essen ist? Doch, endlich macht Kristin zwei Schritte rückwärts, dreht sich um und geht in Richtung Boxentür. Erleichtert entspannt sich Schattenfell ein wenig. Leider hat er sich zu früh gefreut.

„Meine neue Hose", schimpft sie leise, als sie zum Riegel der Boxentür greift. „Ob die noch zu retten ist?"

Da sieht sie eine Bürste auf der Mauer liegen. Die Situation, die doch eigentlich schon bereinigt war, kippt. Wütend, enttäuscht und beschämt verliert sie alle Beherrschung und wirft auch noch die Bürste gegen den Wassereimer, dass es nur so scheppert. Schattenfell, der heftig erschrickt, stößt sich beim Ausweichen an der Futterkrippe den Schenkel. Vor Schmerz wiehert er laut auf.

„Warum bist du so gemein zu Schattenfell?", fragt jemand leise, doch mit sehr nachdrücklichem, fast scharfem Ton.

Erschrocken schaut Kristin sich um. Woher kommt die Stimme?

„Er hat dir doch nichts getan! Hat man dir zu Hause denn gar keine Manieren beigebracht? Glaubst du, dass man Tieren einfach so wehtun darf, bloß weil sie sich nicht wehren können? Lass deine Launen woanders aus!"

Plötzlich steht ein kleines Männchen mit einer grünen Jacke und einer langen Lederhose in Schattenfells Box und schaut Kristin böse an. Sein langer, grauer Bart reicht fast bis zum Boden.

„Keine Sorge, mein Freund Schattenfell – die wird dir nichts mehr zuleide tun!", sagt es nun zu dem Hengst und schiebt seinen spitzen grünen Hut selbstbewusst in den Nacken.

Freundlich wiehert der Hengst zur Begrüßung.

„Und dir muss ich wohl eine Lehre erteilen?", sagt das Männchen mit böse funkelnden Augen.

Er blickt wieder zu Kristin. Eingeschüchtert schaut das Mädchen die merkwürdige Gestalt an. Wer oder was ist das? Ängstlich geht sie rückwärts, so weit wie möglich weg von dem Hengst und dem Männchen. Mit dem Rücken an die Stallwand gepresst, sucht sie nach einer Fluchtmöglichkeit.

Voller Mond, verleih die Macht,
Gestalt zu wandeln in der Nacht.
...

Mit einem leisen, beschwörenden Ton hat der Wichtel diese Sätze wie zu sich selbst gesprochen. Kristin läuft es kalt über den Rücken, obwohl sie die einzelnen Worte kaum versteht. Nur „Macht" und „Nacht" konnte sie als Wortfetzen heraushören. Sie steht wie angenagelt da und fängt an zu zittern.

Die Ahnen geboten dieser Kraft,
die Frevel sühnt und Achtung schafft.
...

Ungerührt hat der Wichtel das Zaubergemurmel fortgesetzt. Jetzt macht er eine Pause, schaut auf Kristin und Schattenfell und hebt mit grimmigem Gesicht die Faust, bevor er etwas lauter die entscheidenden Worte spricht.

So sei denn das Pferd Mensch
und der Mensch Pferd!

Kristin hat mit einem Mal das Gefühl, auf vier Hufen zu stehen. Merkwürdig! Sie sieht sich selber neben dem Männchen stehen.

„Bin ich jetzt ein Mensch? Wie soll das gehen?", fragt Schattenfell, der jetzt Kristins Gestalt hat, während Kristin als Pferd in der Box steht.

„Mach dir keine Sorgen", beruhigt der Wichtel. „Ich werde bei dir sein, wenn du mich brauchst. Unsichtbar für alle anderen. Tu nur, wie ich dir sage."

Für Kristin, die selber keinen Ton herausbringt, haben beide keine Augen.

„Wenn ich mal nicht da bin, schau einfach, was die Kinder machen. Du wirst sicher bald Spaß daran finden", kichert das Männchen noch leise und verlässt mit Schattenfell, den jeder, der die Szene nicht miterlebt hat, für Kristin halten muss, die Box. Kristin steht mit weit aufgerissenen Augen da und versucht, einen klaren Gedanken zu fassen. Muss sie jetzt als Strafe für ihre Launen den Rest ihres Lebens als Reitpferd in einer Reitschule verbringen?

Krachend fliegt die Stalltür auf und besorgt kommt Herr Schwegler, gefolgt von Petra, der Reitlehrerin, Monika und einigen anderen in den Stall gestürmt. Er sieht noch, wie Schattenfell oder, wie er denkt, Kristin, die Tür zur Box verschließt.

„Was ist das denn für ein Lärm hier? Ist etwas passiert?", fragt er besorgt, doch dann wird er langsam ärgerlich.

Diese Reiterferien fangen ja gut an! Noch vor dem Frühstück am ersten Tag tanzt schon jemand aus der Reihe und macht Probleme.

„Weißt du nicht, dass ihr noch nicht alleine zu den Pferden in die Boxen gehen dürft? Wenn ihr ungeschickt an ein Tier herangeht und es vielleicht scheut, könntet ihr ernsthaft verletzt werden!"

Petra hat nur Augen für die Pferde und sieht nach dem Tier in der Box, die das Mädchen gerade verlassen hat, als sie in den Stall kamen. Es steht mit hängendem Kopf und Schweif da, wie ein Häufchen Elend. Es zittert am ganzen Leib und schnaubt immer wieder nervös.

Sie schaut besorgt nach dem Pferd, das sie für Schattenfell hält und sieht Striegel und Bürste auf dem Boden liegen.

„Warum liegen denn die Bürsten auf dem Boden?", fragt sie.

„Schattenfell, erzähl schon, was passiert ist, aber denk dran, dass du für sie das Mädchen bist!", raunt der Wichtel für alle außer dem Hengst unhörbar.

Außer Schattenfell und Kristin kann niemand ihn sehen.

„Sprich mir einfach nach: Ich bin in die Box gegangen und wollte ihn mir genau ansehen. Heute Morgen werden doch die Pferde zugeteilt. Ich weiß auch nicht genau, es ging alles so schnell. Er hat mich umgestoßen und ich bin mitten in die Pferdeäpfel gefallen und ich habe vor Wut die Bürsten herumgeworfen. Muss ich jetzt nach Hause fahren?"

„Wenn du dich noch einmal nicht an die Regeln hältst, kannst du sofort deine Sachen packen!", sagt Herr Schwegler nach kurzem Überlegen in drohendem Ton. „Fürs Erste wird es wohl reichen, dass du dich nachher bei der Verteilung der Pferde ganz hinten anstellst. Petra, ist mit dem Pferd alles in Ordnung?"

Die Reitlehrerin antwortet zunächst nicht und schaut sich das Tier genau an.

„Sieht so aus, als ob bis auf den Schreck in der Morgenstunde nichts passiert wäre."

„Gut, dann gehen wir jetzt erst einmal frühstücken, damit wir uns von dieser Aufregung wieder etwas erholen können."

Petra und Herr Schwegler schauen dem Mädchen nach, das in der verdreckten Reithose langsam in Richtung Stalltür geht.

„Keine Ahnung von Pferden. Schlimmer noch: keinerlei Respekt vor den Tieren. Als ob das Spielzeuge ohne Gefühle und Persönlichkeit wären, die sie einfach in die Ecke feuern können", grummelt Herr Schwegler leise zu Petra, so dass sonst niemand sie hören kann, als sie hinter den anderen den Stall verlassen. „Gerade so ein gutmütiges Tier wie Schattenfell ist eigentlich gar nicht aus der Ruhe zu bringen. Und wenn er mal sauer wird, macht er das immer sehr deutlich. Mit ihm hatten wir doch noch nie ein Problem. Im Gegenteil, er ist vielleicht keine Schönheit, aber meist fällt die Trennung von ihm am Ende der Ferien besonders schwer."

„Ja, ich glaube, ein paar Grundbegriffe, wie man einem Pferd die Stimmung ansieht, sollte ich als allererstes vermitteln", wirft Petra ein.

„Wenn ich mich recht entsinne", überlegt Herr Schwegler laut, „war dieses Mädchen doch schon letztes Jahr hier auf *Drei Eichen* und ist mir als für ihr Alter besonders reife und einfühlsame Reiterin aufgefallen. Genau, wir hatten ihr sogar Schneesturm als Pflegepferd gegeben."

„Vielleicht hat das eben schlimmer ausgesehen, als es tatsächlich war?"

„Kann schon sein. Mich wundert nur, dass Schattenfell so schuldbewusst schaut. Von draußen hat sich das eher wütend angehört."

„Wahrscheinlich wird er aber für die Reitstunde heute Morgen nicht zu gebrauchen sein. Er hat eben wie Espenlaub gezittert."

„Sicherheitshalber sollte er erst wieder geritten werden, wenn er wieder ganz er selber ist. Heute gönnen wir ihm Ruhe", beschließt Herr Schwegler.

„Und wir sollten die alte Trude rufen. Ich hatte auch den Eindruck, dass er ein bisschen hinkt."

Die alte Trude, wie sie von allen genannt wird, ist eine ältere Frau aus der Nachbarschaft. Da sie nur wenig mit anderen Menschen redet und meist für sich alleine bleiben will, gilt sie als sonderbare Eigenbrötlerin. Aber sie hat besonderes Heilwissen. Ihre Fähigkeiten im Umgang mit Pferden grenzen manchmal an Hexerei, gerade wenn alle Künste der Tierärzte versagen. Es gibt kaum etwas, was sie mit ihren Kräutermixturen nicht hinbekommen würde.

„Ja, das ist eine gute Idee. Ich rufe sie gleich an", stimmt Herr Schwegler deswegen auch sofort zu.

„Ich will Schneesturm!"

„Nein ich!"

„So wie du reitest, ist das wohl keine gute Idee!"

Laut schnattern die fast dreißig Reitschüler, bis auf drei Jungs alles Mädchen, vor Aufregung. Auch dieses Jahr wollen wieder viele Mädchen Schneesturm reiten und fangen auch prompt an, sich zu streiten.

„Ruhe, zuallererst!", schaltet sich Petra ein. „Eine nach der anderen!"

Jetzt, nach dem Frühstück, suchen sich die Kinder mit ihrer Hilfe die Pferde aus. Sie erklärt den Charakter der Tiere und fragt die Kinder nach ihrem Reitkönnen. Sobald ein Paar zugeteilt ist, nimmt das Kind das Pferd am Halfter und bringt es nach draußen, wo Karl und Herr Schwegler erklären, wie man sattelt. Das Rennen um Schneesturm macht ein elegant gekleidetes, schon etwas älteres Mädchen, das schon seit Jahren regelmäßig reitet – Alexandra-Christiana. Erleichtert schaut Kristin, die ja in der Gestalt von Schattenfell als Pferd einem Reitschüler zugeteilt werden soll, dem eingebildeten Mädchen nach, das stolz Schneesturm aus dem Stall führt. Die Szene vom letzten Abend hat sie noch genau in Erinnerung. Das hätte noch gefehlt: als Pferd diesem eitlen Mädchen zwei Wochen ausgeliefert zu sein! Monika bekommt ein kleines, braunes Islandpony namens Freija, das sie sofort ins Herz schließt. Freija hat eine unendlich lange, fast schwarze Mähne und den dazu passenden Schweif, die genauso kraus sind wie Monikas Haare.

Schließlich sind nur noch ein Kind und ein Pferd übrig – Schattenfell und Kristin. Nach dem Vorfall am Morgen hat sich niemand getraut, den grauen Wildhengst auszuwählen, obwohl Petra erklärt hat, dass Schattenfell ein gutmütiges und intelligentes Tier ist. Stirnrunzelnd schaut Petra von Kristin zu Schattenfell und zurück.

„Na, dann müsst ihr beiden wohl Freundschaft schließen, wenn es schöne Ferien werden sollen. Kristin, vielleicht gibst du ihm erst mal eine Möhre zur Versöhnung, bevor ihr zum Satteln geht", sagt Petra.

Sie weiß natürlich nicht, dass Schattenfell Kristin die Versöhnungsmöhre ins Maul schiebt und nicht umgekehrt, bevor die beiden zusammen aus dem Stall trotten.

„Reiten wirst du aber heute noch nicht", ruft die Reitlehrerin den beiden nach. „Vorher wird sich die alte Trude Schattenfell ansehen und außerdem seid ihr mir beide noch viel zu angespannt. Wir wollen nicht noch ein Unglück riskieren und morgen werden wir uns genau ansehen, ob ihr beiden wirklich zueinander findet."

Die alte Trude

Am späten Vormittag kommt die alte Trude mit ihrem museumsreifen Fahrrad auf den Hof geradelt. Sie trägt einen abgetragenen, langen Rock, trotz der Hitze dicke schwarze Strümpfe und eine grüne Lodenjacke darüber. Ihre langen grauen Haare hat sie zu zwei Zöpfen geflochten. Nachdem sie ihr Fahrrad am Gutshaus abgestellt hat, geht sie langsam zur Koppel direkt neben dem Stall, wo Herr Schwegler mit Karl steht.

„Guten Morgen, was gibt's?", fragt sie.

„Wir machen uns Sorgen um Schattenfell", antwortet Herr Schwegler. „Heute Morgen ist eines der Mädchen in den Stall gegangen und es gab einen hässlichen Zwischenfall, bei dem das

Kind von dem Pferd umgestoßen wurde und seinerseits dem Pferd eine Bürste nachgeworfen hat."

Auf der nebenan liegenden Reitbahn üben die Kinder, fehlerlos auf den Pferden zu sitzen. Für viele ist es das erste Mal, dass sie richtig reiten, während andere schon einige Erfahrung besitzen. Petra steht in der Mitte der runden Reitbahn, gibt Anweisungen und Tipps und die Kinder reiten im Kreis um sie herum.

„Was im Einzelnen passiert ist, spielt vielleicht gar nicht so eine entscheidende Rolle, aber seit heute Morgen ist Schattenfell wie ausgewechselt", spricht Herr Schwegler weiter. „Er steht die ganze Zeit nur teilnahmslos rum und schreckt bei dem kleinsten Geräusch zusammen. Sie können das sicher wieder in Ordnung bringen."

Trude geht mit Herrn Schwegler und Karl hinüber zu Kristin, die in ihrer Pferdegestalt in einem Offenstall steht. Die alte Frau bewegt sich langsam auf Kristin zu und begrüßt sie freundlich, denn Schattenfell ist ihr Lieblingspferd auf *Drei Eichen*. Sonst begrüßt er sie immer freundlich mit lautem Wiehern. Heute aber schnaubt er nur nervös und drückt sich auf der gegenüberliegenden Seite an den Koppelzaun. Misstrauisch schaut er auf die alte Frau.

„Na mein Lieber, was hast du denn? Kommst du heute nicht zu mir? Schau, ich hab was für dich!"

Aber heute muss Trude den Leckerbissen wieder einstecken. Mit weit aufgerissenen Augen starrt das Pferd sie ängstlich an.

„Das ist aber merkwürdig", sagt sie, während sie sich zu Herrn Schwegler umwendet. „Was sagen Sie, ist genau passiert? Ein Mädchen war alleine mit ihm in der Box, sie hat eine Bürste nach ihm geworfen und er hat sie umgestoßen? Normalerweise ist er doch die Ruhe selbst und immer gutmütig. Wie kam sie denn dazu?"

„So genau können wir das auch nicht sagen. Alles, was sie erzählt hat, ist, dass sie in die Box gegangen ist und dass Schattenfell sie umgestoßen hat", sagt Herr Schwegler mit einem Stirnrunzeln. „Dann ist das Ganze wohl außer Kontrolle geraten. Vor allem, schätze ich, weil sie bei Weitem nicht so viel von Pferden versteht, wie sie glaubt, und Schattenfells Verhalten völlig falsch eingeschätzt hat. Sie ist jetzt übrigens in der Küche und macht sich nützlich, falls Sie mit ihr sprechen möchten."

„Ja, später sicher", sagt Trude nachdenklich.

„Jetzt brauche ich erst mal ein paar Kräuter, um Schattenfell wieder ansprechbar zu machen!

So habe ich den ja noch nie erlebt", sagt Trude nach kurzem Überlegen tatkräftig.

In dem Moment kommt Monika, die nach Kristin sehen möchte, vorbei. Vom ungewohnten Reiten heute Morgen tut ihr nun der Hintern weh und sie ist froh, dass sie die Reitstunde ein bisschen früher beenden konnte. Am Vortag haben die beiden Mädchen Freundschaft geschlossen, aber seit der Katastrophe am Morgen nicht mehr miteinander gesprochen.

‚Beim Frühstück wirkte Kristin ganz verstört, sprach kein Wort und saß einfach nur da‘, überlegt Monika. ‚Hoffentlich geht es ihr wieder besser und sie ist wieder das lebenslustige Mädchen, mit dem ich mich gestern angefreundet habe.‘

Noch ahnt sie nicht, dass sie mit Schattenfell gefrühstückt hat. Und er hat sie natürlich nicht gekannt. Stattdessen denkt sie, dass Kristin sicher noch ganz verwirrt ist. Monika hat das Ende der Unterhaltung zwischen Herrn Schwegler und der Kräuterfrau mitgehört und sich schnell umentschlossen. Vielleicht ist es gut, zuerst noch etwas mehr über das Problem mit dem Pferd zu erfahren, statt zur zweiten Reitstunde zu gehen.

„Darf ich mitkommen, ach bitte?!", bettelt Monika.

Trude nickt nur mit einem mürrischen Gesicht, obwohl sie sich richtig über die Gesellschaft freut. Sie lebt allein und die meisten Leute meiden sie, die wunderliche alte Frau. Schon der Gedanke an die Begleitung durch das freundliche Kind gibt ihr ein warmes Gefühl, das sie schon lange nicht mehr gespürt hat.

„Du kommst natürlich nicht mit", sagt sie zu Kristin, die sie als Schattenfell mit erwartungsvollen Augen ansieht.

Das Pferd hat ganz plötzlich seine Zurückhaltung aufgegeben und ist zur Boxentür gekommen. Als die beiden an der Küchentür vorbeigehen, kommt Schattenfell herausgerannt. Er freut sich, seine Freundin Trude zu sehen und möchte ebenfalls mit.

„Nein, eine von euch reicht mir", murmelt die alte Frau wenig freundlich, die natürlich denkt, dass Kristin mit möchte.

Obwohl Monika bettelt, dass Kristin doch mitkommen dürfe, bleibt Trude hart.

‚Das geschieht dem Balg ganz recht', denkt sie und schaut leidenschaftslos Kristins Gestalt nach, die mit hängenden Schultern zum Hauptgebäude schlurft. Keiner hat Verständnis dafür, wenn jemand ein Pferd schlecht behandelt.

„Wir werden aber recht weit laufen müssen. Kamille und Johanniskraut brauchen wir und noch ein paar andere Kräuter, die nur hinter dem Birkenwald wachsen."

Monika strahlt sie nur an und dann ziehen sie miteinander los. Mit Kristin wird sie am Abend noch reden können.

Die Sage vom Erlenprinz

Während Monika und Trude gemeinsam zum Wald gehen, sprechen sie am Anfang fast gar nichts miteinander, und die alte Frau ist so einsilbig wie immer. Aber die freundliche Monika fragt sie dies und das und langsam taut auch Trude auf. Sie hat das Mädchen längst in ihr Herz geschlossen.

„Sie kennen doch sicher ganz viele Geschichten", meint Monika, als sie den Birkenwald schon fast erreicht haben. „Ich mag schrecklich gerne Märchen. Wollen sie mir nicht eines erzählen?"

„Meine Großmutter hat mir viele Geschichten erzählt", beginnt die Frau, die heute selber so alt ist wie ihre Großmutter damals, „als ich noch ein Kind wie du war. Ich fand das immer richtig spannend und habe stundenlang zugehört. Am liebsten waren mir Märchen, vor allem die Geschichten von Feen und Wichteln."

Sie schnauft kurz. Das gleichzeitige Gehen und Reden scheint ihr schwerzufallen.

„Du musst wissen, noch in meiner Jugend glaubten die Leute hier an Kobolde, Wichtel, Feen, Mahre, Waldgeister und was weiß ich noch für Zauberwesen", sagt Trude nachdenklich. „Auch meine Großmutter glaubte fest daran. Heute hält man das alles für törichten Aberglauben."

„Natürlich ist weder meiner Großmutter noch mir jemals so ein Wesen begegnet. Die gibt es wohl nur im Märchen", setzt sie nach kurzem Zögern hinzu.

Mit einem seltsamen Gesichtsausdruck schaut Trude auf den Wald, der unmittelbar vor ihnen liegt. Was kann sie Monika erzählen, die von nichts weiß? Trude hat schon einen Verdacht, was an diesem Morgen wirklich passiert sein könnte.

„Eine dieser Geschichten war die Sage vom Erlenprinzen, einem Wichtel. Von den Wichteln hat man sich erzählt, dass sie ein sonderbares Volk seien, das immer gut und hilfsbereit zu Menschen und Tieren war. Sie würden sorglos in den Tag hinein leben und wären immer bereit, irgendeinen Schabernack anzustellen. Man sagte ihnen aber auch nach, dass sie manchmal sehr jährzornig und böse sein konnten. Eine ganz merkwürdige Geschichte ist das doch heute Morgen auf *Drei Eichen* gewesen. Da ist das Kind, das so verstört geschaut hat. Und auch Schattenfell, der sich gar nicht mehr beruhigen konnte und mich gar nicht mehr zu kennen scheint. In meinem ganzen Leben habe ich noch nie das Gefühl gehabt, dass ein Pferd sich schämt. Nur heute, als ich den Hengst sah, da musste ich an den Erlenprinzen denken. Von dem gibt es nämlich eine Geschichte, bei der er einen vorlauten Müller in einen Esel verwandelt hat."

Monika stutzt.

„Erzählen Sie mir mehr!", fällt sie Trude ins Wort.

Sie spürt, dass der Schlüssel zur Lösung der Frage nach Schattenfells und Kristins Veränderung ganz nahe ist.

„Na gut, mal sehen, ob ich die Geschichte noch zusammenbringe", fährt Trude fort. „Das meiste habe ich wohl vergessen."

Trude denkt kurz nach und holt dann tief Luft:

„Wie ich schon sagte, erzählte man sich vom Erlenprinz seit uralten Zeiten, dass er ein guter Wichtel sei, der schon vielen Menschen in Not geholfen habe. Und dass man den Erlenprinz um Mitternacht rufen könne, wenn man den folgenden Spruch aufsage:

Erlenprinz du guter Geist,
Voller Mond in Sommernacht,
Bist gut Freund mit Mensch und Tier,
Erlenprinz, hilf nun auch mir!

Nun begab es sich einmal, vor vielen Jahren, dass hier in der Gegend ein armer Müller mit seiner Familie lebte. Sie hatten zwar genug zu essen, aber kaum Geld, um sich Kleider und Schuhe zu kaufen. Die Bauern, die das Korn zum Mahlen brachten, bezahlten ihn mit Korn. So kam es, dass er genug Korn hatte, mehr als sie essen konnten. Aber um damit Geld zu verdienen, mit dem man sich auch andere Sachen kaufen kann, musste der Müller das Mehl auf dem Markt in der Stadt verkaufen. Nun hätte er bis dorthin viele Stunden laufen müssen, denn die Stadt war weit, und mit einem Mehlsack auf dem Rücken ging das einfach nicht. Der Müller hatte weder einen Karren noch ein Pferd oder einen Esel, um sie davorzuspannen. Vielleicht, dachte sich der Müller, der die Geschichten von den Feen und Wichteln natürlich alle kannte, hilft mir ja der Erlenprinz. Und so ging er in der folgenden Nacht hinaus in das Erlenwäldchen, das wohl etwa dort lag, wo heute die große Reithalle ist.

Als der Mond ganz oben am Himmel stand, sprach der Müller:

Erlenprinz du guter Geist,
Voller Mond in Sommernacht,
Bist gut Freund mit Mensch und Tier,
Erlenprinz, hilf nun auch mir!

Und mit einem Mal stand vor ihm ein kleines Männchen mit einer grünen Jacke und einer langen Lederhose.

‚Was willst du von mir? Du hast mich gerufen‘, fragte es und schob seinen spitzen grünen Hut in den Nacken.

Ein bisschen erschrocken, weil er wohl ziemlich überrascht darüber war, dass tatsächlich ein Wichtel erschien, stammelte der Müller: ‚Weißt du, der Weg in die Stadt ist so weit und ich kann mein Mehl ja nicht dahin tragen. Meine Kinder haben nur noch Lumpen zum Anziehen und keine Schuhe, und bald kommt der Winter. Dann müssen sie schrecklich frieren. Kannst du mir nicht helfen? Ich bräuchte so nötig einen Karren mit einem Esel davor, dann wäre ich der glücklichste Mensch auf der Welt.‘

‚Geh nur nach Hause‘, antwortete der Erlenprinz. ‚Wenn du über die Brücke kommst, findest du einen Karren mit einem Esel davor. Mit dem kannst du morgen auf den Wochenmarkt fahren und dein Mehl verkaufen. Aber sieh zu, dass du den Esel gut behandelst und ihm gut zu fressen gibst, dann wirst du deine Waren zu einem guten Preis loswerden. Wenn es morgen wieder Nacht wird, stell den Karren mit dem Esel zurück an die Brücke, denn er ist dir nur geliehen.'

Der Müller tat wie geheißen und fand den Esel samt Karren an der beschriebenen Stelle.

Er fuhr mit dem kleinen Wagen nach Hause und räumte eine Kammer im Schuppen leer, so dass der Esel einen Stall für die Nacht hatte. Nachdem er den Boden mit Stroh bestreut hatte, gab er dem grauen Langohr eine tüchtige Portion Heu und auch etwas Hafer zum Fressen, bevor er selber ebenfalls schlafen ging.

Am nächsten Tag belud er in aller Frühe den Wagen mit so viel Mehl, wie er konnte, setzte sich obendrauf und fuhr noch vor Sonnenaufgang los in Richtung Stadt. Solcherart beladen war der Wagen jedoch zu schwer für den kleinen Esel. Dazu war der Weg steinig und voller Schlaglöcher. Sie waren noch nicht weit gefahren, da begann der Müller sich Sorgen zu machen, dass er nicht mehr rechtzeitig zum Markt in der Stadt ankommen würde. Nach und nach vergaß er alle seine Vorsätze, den Esel gut zu behandeln, wie er es versprochen hatte. Mit einer Haselrute, die er sich an einem Busch am Weg

49

geschnitten hatte, fing er an, den Esel anzutrei-
ben. Doch wenn er anfangs nur leicht mit der
Rute wedelte, schlug er schon bald immer fester.
Esel können sehr störrisch sein und dieser
machte da keine Ausnahme.

Irgendwann blieb er mit einem Mal stehen, weil er einfach nicht mehr konnte und auch
nicht mehr wollte. Der schwere Wagen, der
schlechte Weg, der böse Müller – nein, was zu
viel ist, ist zu viel! Darauf geriet der Müller ganz
außer sich und wollte dem Esel wirklich böse
mitspielen, als er auf einmal eine bekannte
Stimme hinter sich hörte: ‚So also hältst du deine
Versprechen? Solltest du nicht den Esel gut behandeln, dann wärest du schon rechtzeitig in der
Stadt?‘

Bevor der zu Tode erschrockene Müller ant-
worten konnte, schrie der Wichtel wütend: ‚Dir
werde ich eine Lehre erteilen!‘

Dann murmelte er in leisem, beschwören-
dem Ton den Zauberspruch:

Voller Mond, verleih die Macht,
Gestalt zu wandeln in der Nacht.
Die Ahnen geboten dieser Kraft,
die Frevel sühnt und Achtung schafft.
So sei denn der Esel Mensch
und der Mensch Esel!

Im gleichen Moment fühlte der Müller das Geschirr und die Deichsel an Hals und Rücken.

Er sah sich selber dastehen und dem Wichtel danken. Als er den Mund aufmachte, um den Wichtel um Gnade zu bitten, kam nur ein IAAAH, IAAAH heraus. Da begriff er mit Entsetzen, dass er in den Esel verwandelt worden war.

‚Damit du es mal am eigenen Leibe fühlst, wirst du jetzt als Esel den schweren Karren in die Stadt ziehen. Der Esel aber wird an deiner Stelle auf dem Kutschbock sitzen und in der Stadt das Mehl verkaufen, damit deine Kinder nicht unter deiner Dummheit leiden müssen‘, sprach der Erlenprinz.

Dann nahm der in den Müller verwandelte Esel die Haselrute in die Hand und hieb dem Müller kräftig auf den Rücken.

‚Hüh‘, schrie er dabei, und der Müller fing sofort an zu laufen, so schnell er nur konnte.

Das war leichter gesagt als getan, denn der schwere Wagen ließ sich auf dem schlechten Weg nicht besser ziehen als vorher, als noch der Esel selber gezogen hatte. Der Müller musste sich richtig abmühen, und der Esel sorgte seinerseits mit der Haselrute dafür, dass der Müller diese Fahrt seinen Lebtag nicht mehr vergessen würde. Je mehr er schwitzte und die Haselrute seinen Rücken gerbte, desto mehr verfluchte der Müller seinen Jähzorn.

Die Sonne stand schon hoch am Himmel, als sich schließlich die Stadtmauern am Horizont zeigten. Bald darauf stand der Wagen auf dem Marktplatz.

Gleich kamen die ersten Kunden, und dem Esel in Menschengestalt wurde ganz heiß, denn er wusste nicht, was er jetzt tun sollte.

‚Was kostet das Mehl?‘, fragte ein junger Bursche, den man an seiner Kleidung als Bäcker erkennen konnte. ‚Was starrst du so? Bist du nicht hergekommen, um Mehl zu verkaufen?‘

‚Keine Angst‘, beruhigte der Erlenprinz, der für Menschen unsichtbar daneben stand, flüsternd den Esel. ‚Sag einfach drei Groschen den Scheffel für das Weizenmehl und zwei für das Roggenmehl.‘

‚Drei Groschen den Scheffel für das Weizenmehl und zwei für das Roggenmehl‘, stammelte der Esel.

‚Das ist ja viel zu teuer!‘, entgegnete der Bäcker, ‚ich gebe dir anderthalb Groschen für den Scheffel Weizenmehl, und damit ist es gut bezahlt.‘

‚Sag ihm, dass er das Mehl prüfen und dann sagen soll, wann er das letzte Mal so eine gute Ware bekommen hat‘, half der Wichtel, weiterhin für alle Leute auf dem Markt unsichtbar, wieder dem Esel.

So ging es eine Weile hin und her und schließlich kaufte der Bäcker die ersten drei Säcke Mehl für zweieinviertel Groschen den Scheffel. Auch das übrige Mehl war bald verkauft und mit einer schönen Summe Geld machte sich der Esel wieder auf den Heimweg. Der Wagen war nun leer und daher leicht zu ziehen, und bald schon kamen sie an der Brücke an, wo am Vorabend der Müller den Wagen mit dem Esel gefunden hatte. Hier hieß der Erlenprinz den Esel anhalten und fragte den Müller, wie ihm das Leben als Esel denn so schmecke. Der Müller flehte den Erlenprinzen an, ihn zu erlösen und schwor, seinen Lebtag keinem Tier mehr unrecht zu tun.

‚Diesmal will ich Gnade vor Recht ergehen lassen, um deiner Frau und Kinder willen. Recht geschehen würde es dir schon, wenn du noch ein bisschen länger als Esel herumlaufen müsstest – dümmer als jeder Esel, den ich kenne, bist du ja auch!‘, schimpfte der Wichtel zornig.

‚Von den Eseln kannst du dir eine Scheibe abschneiden. Dieser Esel hat dein ganzes Mehl zu einem guten Preis verkauft. Hier, nimm das Geld und lass es dir eine Lehre sein.‘

‚Danke, lieber Erlenprinz und auch dir danke, lieber Esel. Ich bitte euch vielmals um Verzeihung. Nie mehr werde ich ein Tier schlecht behandeln!'

Mit diesen Worten nahm der Müller, der jetzt wieder er selber war, das Geld und lief nach Hause. Von dem Geld kaufte er nicht nur Kleider und Schuhe für seine Kinder, sondern auch einen Esel und einen Karren, so dass er in Zukunft immer sein Mehl auf dem Markt verkaufen konnte und deshalb nie mehr Geldprobleme hatte. Seinen Esel soll er immer so gut behandelt haben, wie sonst niemand in der Gegend", endete Trude mit ihrer Geschichte.

Ein gewagter Plan

Als am späten Nachmittag Monika und Trude zurück zum Reiterhof kommen, läuft Monika gespannt zu dem grauen Falben. Wie ist sie überrascht, dass sie mit einem freundlichen Schnauben begrüßt wird. Gleich kommt das Pferd zu ihr und stupst sie freundlich mit der Schnauze an die Schulter, während Monika das dichte, etwas zottelige Fell streichelt.

Kurz darauf biegt auch Trude um die Ecke. Das Pferd bläht angespannt die Nüstern, schnaubt kurz auf und geht einen Schritt vom Zaun weg.

„Komisch, mich hat Schattenfell ganz freundlich begrüßt", sagt Monika.

„Schattenfell ist mein Lieblingspferd hier und kommt sonst immer sofort gelaufen, wenn er mich sieht", murmelt die alte Trude mit gerunzelter Stirn als Antwort.

„Ho, ho, wir haben etwas Feines für dich. Das wird dir guttun!", ruft sie dann dem grauen Hengst zu.

Beruhigend redet Trude auf das Pferd ein, das langsam näher kommt. Das Tier ist ganz nervös. Immer wieder wirft es schnaubend den Kopf hoch und tänzelt unschlüssig. Geduldig lockt die Kräuterfrau mit ihrer sanften Stimme. Endlich schnappen die Lippen des Falben vorsichtig die Kräuter aus ihrer Hand.

‚Warum vertraut Schattenfell mir viel mehr als Trude?', überlegt Monika für sich. ‚Mich kennt er doch gar nicht. Sonst ist er jedenfalls Trudes Liebling und sie kommt offensichtlich, um ihm zu helfen.'

Monika kann sich keinen Reim darauf machen. Kurz darauf verabschiedet sie sich von Trude und verspricht ihr fest, sie bei der nächsten Gelegenheit zu besuchen. Während sie langsam zum Gutshaus schlendert, geht ihr wieder die Geschichte von dem Esel und dem Müller durch den Kopf.

Der Müller muss doch geglaubt haben, dass er jetzt den Rest seines Lebens als Esel verbringen müsste. Sicher kein besonders schöner Gedanke!

‚Ich hätte wahrscheinlich durchgedreht‘, denkt sie und öffnet die Haustür.

Dabei fällt ihr Blick auf das graue Wildpferd, das mit hängendem Kopf dasteht und traurig in ihre Richtung schaut.

‚Ja, so in etwa muss der Müller als Esel ausgesehen haben.‘

Ein atemberaubender Gedanke kommt ihr in den Sinn – vielleicht ist die Sage vom Erlenprinz ja nicht irgendeine Geschichte, die sich jemand ausgedacht hat. Sagen haben immer einen wahren Kern. Kann es sein, dass es wirklich Wichtel gibt, die zaubern können? Sie erinnert sich, dass sie das Gefühl nicht loswurde, dass Trude ihr absichtlich genau diese Geschichte erzählt hatte. Mit wem könnte sie hierüber reden? Nein, wahrscheinlich würde auch Trude sie auslachen und für verrückt erklären. Monika schüttelt sich, als ob sie damit diesen Gedanken wieder loswerden könnte.

‚Wir sind doch nicht im Märchen!‘

Mittlerweile ist Monika in der Stube angekommen, wo die anderen Kinder gerade mit dem Abendessen angefangen haben. Neben Schattenfell, den auch sie noch für Kristin hält, ist noch ein Platz frei.

„Hallo!", grüßt sie freundlich und erkundigt sich nach Kristins Nachmittag.

Einsilbig und eher teilnahmslos erklärt das Mädchen, das alle für Kristin halten, dass sie ihr Pferd geputzt und ansonsten versucht habe, nach der Aufregung am Morgen wieder auf andere Gedanken zu kommen.

‚Was hat sie denn?', grübelt Monika. ‚Gestern war sie so quirlig und heute muss man ihr die Würmer aus der Nase ziehen.'

Abwesend wendet sich Kristin wieder ihrem Brötchen zu. Keine einzige Frage nach Monikas Tag. Nicht einmal ein ‚Danke der Nachfrage' oder eine andere höfliche Floskel. Monika brennt darauf, über alles zu reden, aber Kristin antwortet, wenn überhaupt, nur widerwillig. Langsam steigt in ihr der Ärger auf. Warum ist Kristin heute so anders?

‚Da habe ich mich wohl zu früh gefreut, eine neue Freundin gefunden zu haben', denkt sie enttäuscht. ‚Schon am zweiten Abend will sie nichts mehr mit mir zu tun haben. Wär ja auch zu schön gewesen.'

Nachdem der Rest des Abendessens eher einsilbig zwischen den beiden verlaufen ist, verteilen sich die Kinder im Haus. Manche schauen fern, manche sitzen mit Petra vor dem Kamin und hören ihr zu, wie sie von ihren Erlebnissen mit den Pferden auf *Drei Eichen* erzählt.

Nur Monika hat keine Lust mehr auf Gesellschaft und geht auf ihr Zimmer. Sie ist traurig und verzagt. Was soll sie tun? Langsam schiebt sich wieder der mühsam verdrängte Gedanke nach vorne, dass die Sage vom Erlenprinzen die Lösung für ihr Problem sein könnte.

Unschlüssig sitzt sie auf ihrem Bett.

‚Soll ich sie einfach fragen, ob sie der verwandelte Schattenfell ist‘, überlegt sie. ‚Was aber, wenn nicht? Dann werden alle für den Rest des Urlaubs über mich lachen.‘

Nein, das geht nicht. Kristin direkt anzusprechen ist viel zu gewagt!

‚Aber ich könnte zu dem Pferd gehen‘, grübelt sie weiter. ‚Wenn es die verwandelte Kristin ist, werde ich das schon herausfinden.‘

Ein zufriedenes Lächeln huscht über ihre Züge.

‚Ja, das ist die Lösung!‘

Mittlerweile ist es jedoch draußen schon dunkel geworden und heute Morgen hat Herr Schwegler Kristin unmissverständlich klargemacht, dass ihre Reiterferien beendet wären, wenn man sie verbotenerweise in der Nacht im Stall fände.

,Viel besser würde es mir wohl auch nicht ergehen, aber kann ich bis morgen warten? Dann sind doch immer Leute da!'

Monika ist nicht gerade eine Draufgängerin. Sie überlegt hin und her. Gibt es eine Alternative? Nein! Trotz des Risikos beschließt Monika abzuwarten, bis alle schlafen, und dann zum Stall zu schleichen.

Ab 23 Uhr ist alles ruhig im Haus. Monika wartet bis Mitternacht, bis 1 Uhr, dann hält sie es nicht mehr aus und zieht sich so leise wie möglich an. Vorsichtig öffnet sie ihre Zimmertür und lugt hinaus auf den Gang. Die Luft ist rein! Alles scheint tief zu schlafen. Trotzdem pocht ihr Herz wie wild. Sie nimmt ihren ganzen Mut zusammen und schlüpft auf den Gang. Geräuschlos schleicht sie die Treppe hinunter in die Diele. Dabei geht sie ganz eng an der Wand entlang, damit sie nicht mitten auf die Stufen der alten Holztreppe tritt. Das Knarren würde sicher alle aufwecken. Natürlich hat sie kein Licht angemacht, aber wie soll sie jetzt ihre Schuhe finden? Das Herzklopfen wird stärker, während sie auf der zweiten Stufe des Schuhregals ein Paar Schuhe nach dem anderen betastet.

‚Das müssen sie sein', entscheidet sie sich für ein Paar und zieht es so vorsichtig sie kann an sich.

Bumm! Ein Schuh ist heruntergefallen.

‚Bei dem Krach muss doch jeder senkrecht im Bett stehen!', schießt ihr durch den Kopf.

Schweiß steht auf ihrer Stirn.

Wie erstarrt horcht sie in die Dunkelheit. Ihr Herz schlägt bis zum Hals. Wie durch ein Wunder, so scheint ihr, bleibt alles still. Langsam beruhigt sie sich wieder und löst sich aus der Erstarrung. Vorsichtig zieht sie die Schuhe an und öffnet die Haustür, die glücklicherweise unverschlossen ist. Kalte Nachtluft strömt ihr entgegen. Fast hätte sie den Stallschlüssel vergessen, der neben der Haustür in einem kleinen Holzkästchen hängt. Monika schaudert nicht nur vor Kälte, als sie sich in Richtung Stall in Bewegung setzt. Nachts alleine verbotene Sachen tun, ist ganz sicher nicht ihr Ding. Zaghaft nimmt sie die drei Stufen der Eingangstreppe. Direkt neben ihr raschelt etwas im Blumenbeet und ein mürrisches Knurren ist zu hören. Zu Tode erschrocken zuckt Monika zusammen. Jetzt zittert sie wie Espenlaub. Jeder Schatten scheint sich zu bewegen.

„Wie konnte ich nur auf die bescheuerte Idee verfallen, mitten in der Nacht hier draußen rumzuschleichen?", murmelt sie und verflucht ihre Ungeduld. „Hätte ich doch bis zum Morgen gewartet! Dann wäre es wenigstens hell."

Ein kleiner, rundlicher Schatten tollt sich.

‚Nur ein Igel!', stellt Monika erleichtert fest.

Sie fasst ihren ganzen Mut zusammen, geht zügig weiter bis zum Stall und öffnet vorsichtig die Tür. Ein Pferd wiehert und ein anderes stampft laut auf wegen der ungewohnten Störung.

‚Seid doch ruhig!', denkt sie und unterdrückt die aufsteigende Angst. ‚Heute Morgen hat der Krach im Stall alle hergerufen.'

Aufsehen kann sie jetzt wirklich nicht brauchen. Reglos wartet sie ab, bis alles wieder ruhig ist. Dunkel liegt die scheinbar endlose Stallgasse vor ihr. Steht da hinten jemand?

‚Außer mir ist keine Menschenseele in diesem Stall!', zwingt sie sich, vernünftig zu denken.

Monika atmet tief durch und nimmt wieder ihren ganzen Mut zusammen. Vorsichtig macht sie den ersten Schritt in den Stall hinein und schließt die Tür hinter sich. Zum Glück befindet sich Schattenfells Box nicht weit vom Eingang.

Freundlich schnaubend kommt das graue Tier zur Boxentür und stupst Monika vorsichtig mit der weichen Schnauze an. Das Pferd ist außer sich vor Freude. Monika streichelt aufgeregt den Hals, bevor sie die Frage stellt, derentwegen sie diese Gefahr auf sich genommen hat.

„Bist du es, Kristin?"

Kräftig reibt das Pferd seine Schnauze an Monikas Arm und jetzt ist sie sicher, dass sie wirklich die verwandelte Kristin vor sich hat. Als Pferd kann die in Schattenfell verwandelte Kristin Monikas Worte zwar nicht verstehen, aber dass ihre Freundin mitten in der Nacht zu ihr in den Stall kommt, kann nur eines bedeuten.

‚Mein Gott!', jubelt Schattenfell, oder besser Kristin, innerlich. ‚Sie hat es tatsächlich herausgefunden!'

Kristin hatte schon alle Hoffnung aufgegeben. Wie sollte jemand auf den Gedanken kommen, dass ein Wichtel sie verzaubert hätte?

‚Ich muss ihr unbedingt helfen, so schnell es geht!', denkt Monika und bekommt eine Gänsehaut.

„Ich hol dich hier raus, vertrau mir", flüstert sie.

Aufgeregt schnaubt das Pferd und tänzelt mit den Vorderbeinen. Obwohl sich Monika ganz sicher ist, dass sie verstanden hat, warum Schattenfell und Kristin auf einmal so anders wurden, schaudert sie bei dem Gedanken, als nächstes das Mädchen in ihrem Zimmer zu fragen, ob sie in Wirklichkeit ein Pferd sei.

„Ich mach mich zum Affen da drin, wenn ich Kristin frage, ob sie vielleicht ein verwandeltes Pferd ist! Bitte, sag mir ganz deutlich, bist du die echte Kristin?", versichert sie sich noch ein letztes Mal.

Schattenfell nickt kräftig und schnaubt.

„Du bist es wirklich. Ich glaube es ja nicht!", murmelt sie. „Bis morgen! Vertrau mir!", verabschiedet Monika sich und schleicht glücklich und voller Tatendrang zurück zum Gutshaus.

Alles geht glatt. Schweißgebadet liegt Monika nun auf ihrer Matratze und versucht, vor Kälte und Aufregung am ganzen Leib zitternd, ihre Gedanken zu ordnen. ‚Wie kann ich Kristin und Schattenfell helfen?', überlegt sie angestrengt, aber es will ihr nichts einfallen. ‚Ich muss doch etwas unternehmen!'

Es will ihr einfach nicht gelingen, sich zu sammeln, so sehr sie sich auch zusammenreißt.

Die Augenlider werden schwer wie Blei. Langsam werden die Gedanken immer bruchstückhafter, Feen, Zauberer, Wichtel und Pferde tanzen wild über eine Weide und dann ist sie eingeschlafen, ohne zu wissen, wie sie Kristin und Schattenfell helfen kann.

Fröhliche Kinderstimmen wecken Monika am nächsten Morgen aus wüsten Träumen. Sie richtet sich im Bett auf und schaut in ein bleiches Mädchengesicht. Stück für Stück kommen die Erlebnisse der letzten Nacht zurück. Jetzt ist die Gelegenheit, mit dem verwandelten Schattenfell alleine zu reden. Wie soll sie beginnen?

„Kennst du Schattenfell, das Dülmener Wildpferd?", fängt sie vorsichtig an.

Mit großen Augen schaut Kristin und nickt wortlos. Natürlich muss sie ihr Pferd für die Reiterferien kennen. Aber Monika hat so komisch gefragt. Worauf will sie hinaus? Kann sie helfen?

„Ich habe ihn gestern Nacht gefragt, ob er Kristin sei, und da hat er ganz heftig genickt."

Da bricht das Mädchen ihr gegenüber in Tränen aus und fällt Monika um den Hals.

„Vertrau mir – ich werde euch helfen."

„Wenn du das schaffen könntest, wäre ich dir ewig dankbar!"

Unter Schluchzen erzählt der in Kristin verwandelte Schattenfell, wie unsicher er sich als Mensch fühlt, und dass der Wichtel ihm nur beim ersten Frühstück geholfen hat. Dann musste er aber dringend fort. Obwohl er versprochen hatte, regelmäßig nach ihr zu sehen, ist er bislang nicht wieder gekommen. Kristin, oder besser Schattenfell, hat Angst oben im ersten Stock des Hauses, wo die Schlafzimmer liegen, und hatte deswegen die ganze Nacht Albträume.

„Wenn nur der Wichtel wieder käme!"

„Trude hat mir eine alte Geschichte von einem Wichtel erzählt, der Erlenprinz heißt", erinnert sich Monika an den Vortag mit Trude. „Diesen Erlenprinzen kann man mit einem Gedicht rufen."

„Worauf warten wir noch?"

„Es geht nur um Mitternacht und ich weiß nicht mehr genau, wie es ging."

Die Hoffnung in Kristins Gesicht erlischt wieder. Unendlich traurig schaut sie Monika an.

„Das schaffen wir schon! Je mehr ich drüber nachdenke, desto sicherer bin ich, dass mir die alte Trude die Geschichte vom Erlenprinzen ganz bewusst erzählt hat. Sie ahnt auch etwas."

„Meinst du wirklich?"

„Ja, ganz sicher. Glaub mir, irgendwie schaffen wir das schon!", macht sie sich und Kristin, Schattenfell in Kristins Gestalt, Mut. „Aber jetzt habe ich einen Bärenhunger. Lass uns erst mal frühstücken."

Hoffnungsvoll beschließen sie, nach dem Frühstück zur alten Trude zu gehen, um alles über den Erlenprinzen zu erfahren.

„Man muss das Gedicht aufsagen."

„Und es muss Mitternacht sein", ergänzt Monika.

Die beiden gehen nach dem Besuch bei Trude alle Einzelheiten durch.

Nochmal musste die alte Frau die Sage vom Erlenprinzen erzählen und diesmal haben zwei Mädchen genau zugehört. Der Plan ist einfach, aber unsicher und gefährlich. Sie müssen bis zur Nacht warten. Sobald alles schläft, werden sie sich in den Stall schleichen und den Erlenprinzen per Gedicht rufen. Wenn er dann gekommen ist, werden sie ihn bitten, Schattenfell und Kristin wieder ihre richtige Gestalt zurückzugeben.

Aber da sind auch noch ein paar Haken an der Sache. Wenn sie entdeckt würden, müsste der in Kristin verwandelte Schattenfell abreisen. Das wäre die absolute Katastrophe, denn dann gäbe es ja keine Möglichkeit auf eine Rückverwandlung mehr! Außerdem ist die Geschichte vom Erlenprinzen sehr alt. Ob das alles so funktioniert? Gibt es den Erlenprinzen überhaupt? Egal, sie haben keine andere Wahl. Am Nachmittag beim Ausritt wollten sie Schattenfell, die zu Schattenfell verwandelte Kristin, einweihen und in der kommenden Nacht zur Tat schreiten. Als Pferd versteht sie zwar keine Menschensprache, aber wie schon gestern würde die Botschaft schon ankommen. Es muss einfach klappen!

Doch nicht der Erlenprinz

„Also, nochmal, damit alles auch funktioniert ...", beginnt Monika, um mit Schattenfell in Kristins Gestalt zum wahrscheinlich hundertsten Mal den Plan durchzugehen, den sie während des Nachmittags und Abends noch weiter verfeinert haben.

Jeder Schritt ist genau geplant. Alle Kinder sind bereits auf ihre Zimmer gegangen. Die beiden ziehen sich ihre Schlafanzüge an, damit niemand auf die Idee kommt, dass sie das Haus verbotenerweise noch einmal in der Dunkelheit verlassen wollen. Wie schon in der letzten Nacht liegt Monika im Bett und wartet darauf, dass alles im Haus in tiefen Schlaf gefallen ist. Nur dass sie heute nicht alleine warten muss! Immer wieder zieht sie ihre Armbanduhr mit dem leuchtenden Ziffernblatt heraus. Endlos langsam kriecht die Zeit dahin. Die Zeiger der Uhr scheinen stillzustehen. Es vergeht eine gefühlte Ewigkeit.

„Es ist gleich Viertel vor 12 Uhr. Wir müssen los!", flüstert Monika schließlich. „Seit fast zwei Stunden habe ich kein Geräusch mehr gehört. Los geht's!"

Aufgeregt ziehen sie ihre Kleider an und schleichen vorsichtig auf den Flur.

„Wir müssen ganz leise sein. Gestern bin ich fast erwischt worden", flüstert Monika und macht Schattenfell-Kristin auf die knarrenden Treppenstufen aufmerksam.

Diesmal geht alles glatt, bis sie in der Diele stehen und gerade die Schuhe angezogen haben. Sie hatten sie vorher ganz auf die Seite gestellt, damit es nicht wieder ein Problem bei der Schuhsuche gäbe. Plötzlich geht das Licht an und jemand tapst verschlafen durch den Flur zur Toilette. Monika und Kristin halten die Luft an, bis sich die Toilettentür schließt. Dann schnappt sich Monika wieder den Stallschlüssel und gemeinsam huschen sie lautlos zur Tür hinaus.

In dieser Nacht verläuft der Weg über den Hof zum Stall ohne weitere Zwischenfälle, so dass die beiden kurz darauf mit klopfenden Herzen an der Tür zu Schattenfells Box stehen. Voller Vorfreude schauen sich die Mädchen an. Zu zweit hat man im Dunkeln auch viel weniger Angst als alleine. Leise wiehernd begrüßt sie Schattenfell, oder besser Kristin.

‚Was haben die beiden vor?', grübelt das Pferd.

„Drück uns die Daumen, dann hast du gleich wieder deinen Körper", raunt Monika und klopft aufgeregt den Hals des Pferdes.

„Bist du so weit?"

Kristin nickt langsam mit kreideweißem Gesicht. Dann sprechen sie gemeinsam das Gedicht, das den Erlenprinzen rufen soll:

Erlenprinz du guter Geist,
Voller Mond in Sommernacht,
Bist gut Freund mit Mensch und Tier,
Erlenprinz, hilf nun auch mir!

Vor Aufregung halten sie die Luft an. Wird der Wichtel auftauchen? Monika fühlt ihr Herz wild schlagen. Einmal, zweimal, dreimal schlägt es – nichts passiert. Enttäuschung macht sich auf ihrem Gesicht breit. Verzweiflung beginnt in ihr aufzusteigen. Der Erlenprinz war doch die einzige Chance!

„Wer ruft denn diesen uralten Spruch?", hören sie da auf einmal eine helle Stimme kichern.

„Das ist ja witzig. Bisher hab ich davon nur in Geschichten gehört."

„Bist du nicht der Erlenprinz?", fragt Schattenfell in Kristins Gestalt nach kurzem Zögern.

„Ach was! Vom Erlenprinzen hab ich nur als Kind von meiner Oma gehört. Sie hat immer die Märchen aus grauer Vorzeit erzählt. Was gibt's, warum schaut ihr so bedröppelt?"

Monika schaut Kristin erstaunt an. Wer spricht zu ihnen? Woher kommt diese Stimme?

An der Stalltür steht ein ausnehmend hübscher Junge. Er ist etwas kleiner als die beiden Mädchen, obwohl er ein paar Jahre älter zu sein scheint. Seine Kleidung ist abenteuerlich: zu einer Motorradjacke trägt er einen großen, schlabbrigen, spitzen, grauen Filzhut, der bis über die Schultern reicht und trotzdem die schwarzen, lockigen Haare nicht ganz bedeckt. Dazu kommen noch Jeans und ein breiter, goldener Ohrring – ein richtiger Halbstarker. Doch nur Schattenfell und Kristin können ihn sehen, denn ein Wichtel ist für Menschen nur sichtbar, wenn er das will. Und das ist die große Ausnahme. Für Tiere hingegen sind Wichtel immer zu sehen. Schattenfell als Pferd kann ihn daher auch in Menschengestalt sehen und Kristin sieht ja mit Pferdeaugen.

Kristins Zuversicht sinkt auf den Nullpunkt.

„Wer bist du?", fragt sie mit Enttäuschung in der Stimme. „Wir suchen einen Wichtel mit einer grünen Jacke und einer langen Lederhose. Genauer gesagt: einen erwachsenen Wichtel mit einem langen Bart."

„Na ja, ein Wichtel bin ich schon – jedenfalls würden die Menschen so sagen. Seht ihr das nicht?", kichert der junge Kobold.

Das Ganze scheint ihm einen Heidenspaß zu machen. Endlich wird er etwas ruhiger und fragt mit ernsthafter Stimme: „Aber ihr sucht jemand bestimmtes? Mal sehen, wen ihr meinen könntet. Hatte er einen langen grauen Spitzbart und goldene Knöpfe an der Jacke?"

„Ja, genau, und die Lederhose war grau und er hatte auch einen großen, grünen Hut auf, ähnlich wie deiner. Mit einer blauen Kordel dran", sagt Kristin.

„Und er schien schon ziemlich alt zu sein", setzt Schattenfell, oder besser die in Schattenfell verwandelte Kristin, hinzu.

Monikas Kopf geht ungläubig von Schattenfell zu Kristin und zurück. Das Mädchen scheint mit der Luft direkt vor sich zu reden. Das Pferd schnaubt immer wieder leise und schaut auf dieselbe Stelle. Ist da etwas, was sie nicht sehen kann?

„Dann wird es wohl mein Opa gewesen sein", grinst der halbstarke Wichtel. „Der kommt oft nachts hier in den Stall, wenn alles schläft und schaut nach dem Rechten. Was wollt ihr von ihm?"

Schließlich hält Monika die unheimliche Situation nicht länger aus.

„Mit wem redest du?", fragt sie verwundert. „Hier ist doch niemand."

„Mit dem Wichtel, der da plötzlich vor Freijas Box aufgetaucht ist!", antwortet Kristin.

„Siehst du ihn nicht?"

Monika schaut sie an, als hätte sie gerade ein Gespenst gesehen und schüttelt den Kopf.

„Ich heiße Albehart und Menschen können mich nur sehen, wenn ich es will", sagt der Wichtel mit betont lässiger Stimme zu Kristin. „Aber du scheinst das zu können. Wieso denn?"

„Weil ich eigentlich ein Pferd bin, vermute ich", sagt Kristin. „Wir wurden vertauscht. Um es genau zu sagen, wurden unsere Körper vertauscht. Vertauscht von deinem Opa, so wie es scheint, und wir wollen wieder in unsere normale Haut zurück. Deswegen sind wir hier. Bitte, ruf deinen Opa, damit er uns zurückverwandelt."

„Sein Bruder ist plötzlich krank geworden und er musste zu ihm auf die Alb. Er kommt erst nächste Woche wieder zurück", antwortet Albehart leidenschaftslos. „Ich werde ihm von euch erzählen. Bis dahin müsst ihr euch eben ein bisschen gedulden."

Kaugummikauend grinst er in die Runde, wo ihn Monika immer noch nicht sehen kann.

„Nein!", ruft sie, der die Stimme, die aus dem Nichts kommt, richtig unheimlich ist. „Gibt es denn keinen anderen Weg, den beiden zu helfen? Hast du überhaupt eine Vorstellung davon, was es bedeutet, in einem fremden Körper zu stecken?"

„Nein, und du steckst doch auch in deiner eigenen Haut. Außerdem wird Opa schon seine Gründe gehabt haben, euch zu verwandeln", entgegnet Albehart abweisend. „Warum sollte ich mich euretwegen mit ihm anlegen? Ich kenne euch doch gar nicht. Am besten gehen wir alle jetzt schlafen."

Monika, Kristin und Schattenfell schauen sich betroffen an. Kristins Gestalt schluchzt laut, und im schwachen Mondlicht, das durch die wenigen Fenster und Oberlichter fällt, sieht es so aus, als ob Tränen in ihren Augen glitzerten.

„Bitte, es war doch mehr ein Versehen, dass Kristin so unbeherrscht war und in der Box mit den Bürsten geworfen hat. Dein Opa kam plötzlich dazu und hat nicht viel gefragt, sondern gleich gehandelt. Und dann standen schon die ganzen Leute im Stall, so dass nichts mehr zu ändern war."

Schattenfell bekniet Albehart in flehendem Ton.

„Sieh mal. Wenn jemand Grund hätte, noch sauer zu sein, dann bin doch wohl ich das. Da brauchst du keine Angst vor deinem Opa zu haben."

„Wer hat hier Angst? Aber warum macht ihr denn das bisschen Hokuspokus nicht selber? So eine Verwandlung ist doch eher eine Fingerübung", prahlt Albehart.

„Für dich vielleicht, aber für uns eben nicht. Sonst hätten wir das doch schon längst selber erledigt."

Auf diese Art geht es noch eine Weile hin und her. Schattenfell, Kristin und Monika schmeicheln einerseits Albeharts Eitelkeit, fordern ihn aber andererseits heraus. Schließlich muss er beweisen, dass er auch wirklich zaubern kann, wenn er sich nicht bis auf die Knochen blamieren will.

Allerdings liegt da sein Problem. Eigentlich kann er gar nicht gut zaubern und ein Meister wie sein Opa ist er schon gar nicht. Sicher hat er eine Menge kleiner Kunststücke drauf. Aber eine solche Verwandlung ist alles andere als eine Fingerübung.

„Na gut, bevor ich hier noch die ganze Nacht verbringe. Ich kann keine Kinder weinen sehen", sagt er schließlich großspurig und besonders laut, um sich selber Mut zu machen.

„Kommt mal her an die Boxentür, so dass ihr nebeneinander steht", kommandiert er.

Dabei überlegt er fieberhaft, wie das Verwandeln geht.

‚Richtig, diesen Zauberspruch muss man beschwörend murmeln. Oder laut singen? Wie ging der Spruch genau?'

Er ist sich nicht ganz sicher. Schattenfell und Kristin stehen erwartungsvoll vor ihm.

„Worauf wartest du?", fragt Schattenfell freundlich.

„Du hast uns angeschwindelt, das sehe ich dir doch an der Nasenspitze an", knurrt Kristin.

„Du Angeber!"

Noch länger kann Albehart es nicht mehr hinausschieben. Mit mulmigem Gefühl holt er tief Luft.

Voller Mond, verleih die Macht,
Gestalt zu wandeln in der Nacht.
Die Ahnen geboten dieser Kraft,
die Frevel sühnt und Achtung schafft.
So sei denn das Pferd wieder Pferd
und der Mensch wieder Mensch!

Er hat den Spruch mit gesenktem Blick eher leise und mit einem leichten, unsicheren Zittern in der Stimme gemurmelt. Neugierig betrachtet er nun das Ergebnis. Erleichtert sieht er Kristin wieder in Mädchengestalt in der Box stehen. Schattenfell steht als Pferd, durch die Boxentür getrennt, daneben in der Stallgasse. Doch dann sträuben sich dem Wichtel die Nackenhaare.

‚So ein Mist‘, denkt er entsetzt, ‚dem Pferd fehlt ja der Schweif!‘

Kristin bemerkt das Mißgeschick im gleichen Moment und heult laut auf. Albehart wäre am liebsten auf der Stelle verschwunden.

„Was ist denn das?“, zetert Kristin. „Soll ich den Pferdeschwanz etwa behalten?“

Albehart steht schweigend mit schamrotem Gesicht da wie ein Häufchen Elend.

„Das ist doch nur eine Fingerübung, hast du eben gesagt. Bring das sofort in Ordnung!“, redet sich Kristin in Rage. Dieser Angeber!

Als der halbstarke Kobold weiterhin stumm bleibt und keine Anstalten macht, seinen Fehler zu beheben, werden Monika und Kristin langsam, aber sicher panisch. Kann er das in Ordnung bringen oder ist er nur ein Wichtigtuer? Schattenfell läuft plötzlich ein paar Schritte in Richtung Stalltür und stellt sich quer in den Gang. Nur er kann Albehart noch sehen, so dass es diesem fast gelungen wäre, unbemerkt zu verschwinden.

„Aha, du willst dich aus dem Staub machen, du Feigling!", hat Monika die Situation erfasst.

„Bleib gefälligst hier und bring in Ordnung, was du Aufschneider angerichtet hast!"

„Niemand nennt mich einen Feigling!", kommt Albeharts Stimme aus der Mitte der Stallgasse.

„Natürlich bringe ich das kleine Missgeschick sofort in Ordnung. Ich war wohl nicht ganz bei der Sache", versucht er, den Anschein von Souveränität zu geben.

Dann verwandelt ein recht bleicher, aber diesmal bis in die Haarspitzen konzentrierter halbstarker Wichtel zuerst Kristin wieder in ein komplettes Pferd und Schattenfell in ein Mädchen ohne Schweif. Und im zweiten Anlauf klappt auch die Rückverwandlung, so dass jetzt jeder seine wahre Gestalt wieder hat.

Jubelnd springt Kristin aus der Box und fällt abwechselnd dem laut wiehernden Schattenfell und der tanzenden Monika um den Hals. Freudentränen laufen den Mädchen über die Gesichter. Schlagartig wird Monika ganz ernst.

„Halt, pssst! Ihr macht ja das ganze Gutshaus wach! Wenn wir hier erwischt werden, sind die Reiterferien vorbei für uns! Schnell, zuerst muss Schattenfell wieder in seine Box, falls uns jemand gehört hat. Wir verstecken uns da hinten bei den Heuballen."

Blitzschnell bringen die Mädchen Schattenfell in seine Box und verschwinden dann hinter den Heuballen. Zuerst lauschen alle mit klopfendem Herz, ob sich etwas an der Stalltür tut. Sie warten und warten, aber bis auf das Scharren der Pferde im Stroh bleibt alles ruhig.

Monika fängt als Erste zu flüstern an und will von Kristin wissen, wie das so ist als Pferd.

„Eigentlich ganz toll, wenn man mit wehendem Schweif und fliegender Mähne über die Koppel rennt. Nur die Sorge, dass ich immer ein Pferd bleiben sollte, war schlimm", erzählt Kristin. „Willst du auch mal Pferd sein?"

Albehart fragt zur gleichen Zeit Schattenfell, wie man als Mensch lebt. Der junge Wichtel beobachtet oft die Leute auf dem Reiterhof oder die Jugendlichen aus dem nahen Dorf.

„Wenigstens einmal möchte ich so ein richtiges Motorrad fahren", gesteht Albehart ein bisschen verlegen, wie sehr es ihn vor allem beeindruckt, wenn die schweren Maschinen über die Landstraße donnern.

„Wenn man weiß, dass man wieder zurück kann, ist es sicher klasse", überlegt Schattenfell.

„Eigentlich war es ein irres Abenteuer. Wegen des Motorradfahrens kannst du doch die Mädchen fragen."

Die beiden haben sich inzwischen aus ihrem Versteck hinter den Heuballen getraut und kommen zurück zu Schattenfells Box. Freundlich schnaubt Schattenfell, als Kristin seinen Hals streichelt.

„Sei mir bitte nicht mehr böse", flüstert Kristin in sein Ohr. „Ich werde nie mehr so dumm sein."

Obwohl das Pferd die Worte nicht versteht, weiß es genau, was sie ihm sagen will.

„Kein Problem, jeder hat doch mal einen schlechten Tag", schnaubt der Falbe.

„Er ist dir nicht mehr böse", sagt Albehart und macht sich endlich auch für die beiden Mädchen sichtbar, „mach dir keine Sorgen."

Er weiß, dass Menschen und Tiere nicht miteinander sprechen können, obwohl es für ihn das Natürlichste der Welt ist.

„Verstehst du uns beide?", fragt Kristin.

„Natürlich, und ich kann auch mit euch beiden reden."

Albehart kann der Gelegenheit nicht widerstehen, sich ein wenig aufzuplustern.

„Warum fragst du? Eben noch hast du als Pferd mit mir gesprochen."

„Ist ja schon gut", schmunzelt Kristin. Ihr ist inzwischen klar geworden, dass Albeharts etwas großspuriges Getue zuallererst dazu dient, seine Unsicherheit zu überspielen.

„Würdest du Schattenfell bitte sagen, dass ich mich ganz toll auf die Ferien mit ihm freue?"

Bereitwillig dolmetscht Albehart zwischen dem Mädchen und dem Pferd. Die herausgehobene Rolle als Übersetzer schmeichelt ihm. Er genießt das Abenteuer, in das er so zufällig durch seine Neugier geraten ist. Nach Wichtelart ist er im Allgemeinen freundlich, hilfsbereit und jederzeit zu einem Schabernack aufgelegt. Darüber hinaus ist er aber sehr wissbegierig und sehnt sich schon lange ganz besonders danach, mehr über Menschen zu erfahren. Bisher hat er Menschen nur aus der Ferne gesehen. Ihr Leben ist für ihn genauso märchenhaft wie für Kristin und Monika die Welt der Wichtel. Besonders große und lärmende Maschinen beeindrucken ihn sehr. Die beiden Mädchen sind freundlich, unbefangen und genauso an ihm und seiner Welt interessiert. Schnell kommen sie sich näher.

„Seid ihr schon einmal Motorrad gefahren?", fragt er schließlich vorsichtig.

„Klar, schon oft. Wieso fragst du?", antwortet Monika.

Diesmal hat sie etwas angegeben, aber man muss ja nicht gleich zugeben, dass man nur mit dem großen Bruder mitfahren durfte.

„Ich möchte auch mal Motorrad fahren", meint Albehart versonnen.

Das Morgenrot, das zu den Stallfenstern hereinscheint, beendet letztlich das Pläneschmieden. Kristin und Monika verabschieden sich von ihren neuen Freunden und machen sich auf den Weg zum Gutshaus. Mal sehen, was der kommende Nachmittag bringen wird, wenn sie sich alle beim Ausritt im Birkenwald treffen werden.

Kann ich mal deine Pferde sehen?

„Ich könnte sterben für den Streuselkuchen von Frau Wenger!"

„Ach, du denkst doch nur ans Essen!"

Fröhlich lärmend und gut gelaunt kommen die Kinder vom Reitstall zum Gutshaus und freuen sich auf die Pause mit Kakao und Kuchen. Der frühe Nachmittag war anstrengend.

Zwei Stunden lang hat Petra mit den Kindern Reiten geübt und unnachgiebig jeden noch so kleinen Fehler abzustellen versucht.

„Eure Pferde werden euch dankbar sein, wenn ihr nicht im Sattel sitzt wie der Affe auf dem Schleifstein", meinte sie, und dann ging es immer weiter, eine Runde nach der anderen durch die sandige Reitbahn.

Aber es hat sich gelohnt. Die meisten sitzen schon fest genug im Sattel, so dass sie später zu zweit oder in kleinen Gruppen ausreiten dürfen. Auch Monika, die mit der gutmütigen Freija das ideale Pferd für sich hat, und Kristin, die so gut mit Schattenfell harmoniert, dass der Vorfall vom ersten Morgen aus Sicht von Herrn Schwegler und Petra fast vergessen ist, machen keine Ausnahme.

„Wenn wir Glück haben, gibt es heute wieder den fantastischen Kirschkuchen", überlegt Monika laut, als sie mit Kristin fast als Letzte durch die Tür zum Esszimmer kommt.

Kristin ist mit ihren Gedanken noch ganz bei der Reitstunde.

„Hast du gesehen, wie Schattenfell im versammelten Trab gegangen ist. Einfach ein fantastisches Pferd! Wenn er nur ein wenig mehr dem Schönheitsideal entsprechen würde, wäre er ein ideales Dressurpferd", schwärmt sie.

„Hast du übrigens mitbekommen, dass Petra Jugendlandesmeisterin war?", fragt Monika im Plauderton.

Mittlerweile haben sie die schon fast geplünderte Kuchenplatte erreicht, nehmen sich Kuchen und Kakao und halten Ausschau nach freien Plätzen. Bei Alexandra-Christiana wäre noch Platz, aber dann würde der Kuchen wohl nicht mehr schmecken. Sie sitzt mit ihren beiden Schatten, Leonie und Carola, am Fenster mit der besten Aussicht. Seit dem ersten Abend tauchen diese drei fast nur noch zusammen auf, Alexandra-Christiana in der Mitte, links Leonie und rechts Carola. Laut schnattern die drei Mädchen und versichern sich gelegentlich aus den Augenwinkeln, dass sie genügend Aufmerksamkeit erregen.

„Da hinten, in der Ecke bei Michaela und Chris ist noch Platz."

Monika hat schließlich eine angenehmere Umgebung entdeckt und die beiden gehen zum anderen Ende des Raumes, um sich endlich über den Kuchen herzumachen.

Sie haben noch etwas Zeit bis zum Ausritt am Nachmittag und damit zur Verabredung mit Albehart.

„Hallo Martin! Hast du den Weg hier raus gut gefunden?", begrüßt Herr Schwegler freudig einen etwa gleichaltrigen Mann, der von Frau Wenger gebracht wird, und umarmt ihn. „Wir haben uns ja eine Ewigkeit nicht gesehen. Komm, wir setzen uns ins Nachbarzimmer, da ist es ruhiger."

„Ja, es müssen jetzt ziemlich genau zehn Jahre her sein, seit wir unseren Abschluss gemacht haben", antwortet der Mann, den Herr Schwegler so freudig begrüßt hat. „Ich bin durch Zufall über das Alumniportal auf deinen Namen gestoßen ..."

Damit sind die beiden im Nebenzimmer verschwunden und unterhalten sich weiter in Zimmerlautstärke, so dass die Kinder sie nicht mehr hören können. Herr Schwegler und Martin Hannen, so heißt der Mann, haben zusammen Landwirtschaft in Bonn studiert und waren während des Studiums eng befreundet. Direkt nach dem Abschluss nahm Herr Schwegler eine Stelle auf einem Gestüt in Kentucky an, so dass sie sich aus den Augen verloren. Das Alumniportal, also die Internetseite für alle Ehemaligen der Universität Bonn, hat sie dann wieder zusammengeführt.

Martin Hannen ist mittlerweile Pferdehändler und kommt nicht nur, um alte Bekanntschaften aufzufrischen, sondern auch, um zu sehen, ob Herr Schwegler vielleicht von ihm Pferde für seinen Reithof kaufen will. Umso interessierter erfährt er jetzt, dass Herr Schwegler plant, eine Zucht aufzubauen. Trakehner möchte er züchten und er hat sogar schon einen Zuchthengst gekauft. Donar soll zusammen mit Schneesturm und einer weiteren Stute die Grundlage der zukünftigen Herde bilden. Ein Zuchthengst ist jedoch sehr teuer, so dass *Drei Eichen* im Moment jeden Euro dringend braucht. Der Kauf neuer Pferde ist zurzeit ausgeschlossen, denn mit den Einnahmen des Reiterhofs kann Herr Schwegler gerade so seine Ausgaben abdecken. Zum Glück musste bisher wenigstens noch keines der Pferde verkauft werden, denn ohne die Pferde gäbe es bald keine Reiterferien auf *Drei Eichen* mehr.

„Das ist ja toll. Kann ich deine Pferde mal sehen? Für einen Trakehner mache ich dir immer einen guten Preis", hört Monika Herrn Hannen sagen, als sie sich gerade das nächste Stück Kirschkuchen holt.

Die Kuchenplatte, die glücklicherweise von der unermüdlichen Frau Wenger wieder aufgefüllt wurde, liegt direkt an der offenen Tür zum Nebenzimmer, in dem die beiden Studienfreunde sitzen.

„Donar heißt der gekörte Hengst, sagst du? ...", ist das letzte, was Monika auf dem Weg zurück zu ihrem Tisch zufällig mitbekommt.

„Was ist eigentlich ein gekörter Hengst?", fragt sie sofort, nachdem sie sich hingesetzt hat.

Von den Gesprächsbruchstücken, die sie mitbekommen hat, verstand sie nur die Hälfte.

„So etwas wie ein offizieller Zuchthengst, der im Zuchtbuch eingetragen ist", antwortet Kristin. „Wie kommst du darauf?"

Monika erzählt das Wenige, das sie mitgehört hat.

„Einen Zuchthengst zu kaufen ergibt doch nur dann wirklich Sinn, wenn man auch eine Zucht aufbauen will. Sonst wäre das doch die reinste Verschwendung, selbst wenn man mit den Deckgebühren über die Runden kommen könnte. *Drei Eichen* wäre schon toll als Gestüt", spekuliert Kristin halblaut und mehr für sich selbst.

Bald aber dreht sich das Gespräch wieder um die alltäglichen Dinge wie Reitlehrerin, Reitkleidung, Freundinnen und Ähnliches.

Unmittelbar nach dem Nachmittagskaffee dürfen die Kinder in Gruppen in der Umgebung ausreiten. Kristin sattelt Schattenfell, Monika Freija und heimlich unterhalten sich die beiden, so dass niemand zufällig mithören kann. Natürlich dreht sich alles um Albehart, mit dem sie heute hoffentlich nicht zum letzten Mal verabredet sind. Erst zwei Tage ist es her, dass Albeharts Großvater Kristin in Schattenfell und umgekehrt verwandelt hatte! „Ich kann es immer noch kaum glauben, dass wir jetzt einfach so mit einem Wichtel zum Ausreiten am Nachmittag verabredet sind!", strahlt Kristin.

„Ja, irgendwie unwirklich", antwortet Monika. „Glaubst du, dass er kommt?"

„Klar! Wie will er sonst an ein Motorrad kommen?", albert Kristin.

Der ausgemachte Treffpunkt ist die erste Wegbiegung, nachdem man vom Reithof in den kleinen Birkenwald kommt. Welch ein Abenteuer!

Absichtlich bummeln die beiden Mädchen. Alle anderen Kinder, die in dieselbe Richtung wollen, sollen vor ihnen losreiten, damit sie nicht entdeckt werden.

„Nun macht schon!", murmelt Kristin verstohlen in Monikas Richtung.

Ein kleines Mädchen mit blonden Locken versucht zum dritten Mal, das Zaumzeug anzulegen. Immer wieder verheddert sie sich in den vielen Riemen, weil sie den Zaum falsch anfasst. Kristin verdreht die Augen, gibt sich einen Ruck und geht dann rüber zu dem Mädchen.

„Soll ich dir helfen?", fragt sie freundlich und nimmt das Zaumzeug. „Wie heißt du denn?"

„Ich bin Lara."

„So, das hätten wir", sagt Kristin Augenblicke später und reicht Lara die Zügel.

Dankbar strahlt die Kleine sie an und gleich darauf ist sie mit ihren Freundinnen verschwunden.

„Zwei Fliegen mit einer Klappe", grinst Monika und beobachtet, wie Lara mit den anderen Kleinen hinter Petra auf den Wald zusteuert.

„Los jetzt, mich halten keine zehn Pferde noch länger", sagt Kristin aufgeregt und steigt auf.

„Lass ihnen noch ein bisschen Vorsprung."

Nachdem die letzte Gruppe den Wald schon fast erreicht hat, brechen endlich auch Kristin und Monika auf. Gerade biegt Lara, das jüngste Kind der Reiterferien, auf ihrem kleinen, schwarzen Shetlandpony um die Ecke. Genau dort sollte Albehart auf sie warten. Mühsam halten sie sich zurück, um nicht im Galopp loszusprengen. Die schwüle Hitze und die langsam heranziehenden Gewitterwolken bemerken sie gar nicht.

„Hallo!", ruft es plötzlich vor den beiden Reiterinnen, und nur weil die beiden Pferde Albehart nicht nur hören, sondern auch sehen können, scheuen sie nicht erschrocken.

Kristin und Monika zucken kurz zusammen, und Albehart freut sich kichernd über den aus seiner Sicht gelungenen Spaß.

„Hallo!", grüßen die beiden Mädchen zurück und schauen dabei in die Richtung, aus der die Stimme kommt.

„Sei doch bitte etwas leiser, sonst hört man uns noch!"

Wieder ist es Monika, die alle daran erinnert, dass sie vorsichtig sein müssen, damit sie nicht von anderen Kindern entdeckt werden.

„Kommt hier entlang", flüstert Albehart.

Die beiden Mädchen wundern sich schon nicht mehr, als ihre beiden Pferde wie von alleine einen kleinen Wildwechsel betreten, den sie gar nicht bemerkt hatten. Nach wenigen Metern kommen sie an eine freie Stelle, wo saftiges Gras auf einer winzigen Lichtung wächst. Sofort beginnen Schattenfell und Freija, sich den Bauch mit dem leckeren Grün vollzuschlagen.

„Man könnte meinen, dass ihr den ganzen Tag Hunger leiden müsstet", lächelt Albehart.

„Es ist auch nicht gerade das pure Vergnügen, im Sand Runden zu drehen!", brummt Schattenfell mit vollem Maul zu Freija, die schon überhaupt nicht mehr an die anstrengenden Reitstunden am Vor- und frühen Nachmittag denkt.

„Wie geht es jetzt weiter?", meldet sich Monika. „Was wollen wir heute unternehmen?"

„Ich habe mir überlegt, dass wir heute alle einfach als Pferde mal die Gegend erkunden", antwortet Albehart und Kristin jubelt leise: „Das habe ich mir schon immer gewünscht!"

Aber dann erinnert sie sich an das Missgeschick von der vorigen Nacht und dass Albehart solche Verwandlungszauber nicht gerade sicher beherrscht.

„Schaffst du es auch wirklich, dass wir alle als Pferde rumtoben können?"

„Und um sieben müssen wir wieder da sein. Eigentlich sollen dann die Pferde abgesattelt sein und wir beim Abendessen", wirft Monika ein.

„Immer locker bleiben. Was bedeutet eigentlich ,um sieben'?", hört sie die lässige Stimme von Albehart. „Das mit dem Verwandeln wird alles ganz glatt laufen."

„Na ja, ein bisschen nervös bin ich schon! So toll fand ich den Pferdeschwanz am Hintern gestern nicht", sagt Kristin.

Albehart ist froh, dass sie nicht sehen kann, wie er rot wird.

„Sieben ist einfach die Uhrzeit, zu der wir wieder da sein müssen. Eine knappe Stunde vor Sonnenuntergang."

„Mach dir keine Sorgen", erwidert Albehart. „Gestern musste ich eure Körper vertauschen, und das ist wirklich nicht einfach. Heute geht es doch nur darum, dass wir alle als Pferde rumlaufen können."

„Aber ohne Sattel!", mischt sich Schattenfell mit vollem Maul in das Gespräch ein.

„Ja, richtig, das wäre mäßig prickelnd für euch, mit Sattel und Zaumzeug rumzurennen", antwortet Albehart und sagt dann zu den Mädchen: „Sattelt erst mal die Pferde ab. Den Krempel können wir ja einfach hier lassen. Den wird schon keiner finden und klauen."

Sofort machen sich die beiden Mädchen an die Arbeit.

„Und was ist mit unseren Kleidern?", fragt Monika, als sie gerade den Sattel von Freijas Rücken nimmt und neben einem Baumstumpf auf den Boden legt.

Ausziehen würde sie sich sicher nicht vor Albehart, und auch Kristin schaut ganz erschrocken.

„Dass ich mich vor dir ausziehe, kannst du dir abschminken!", stellt sie dann auch mit Nachdruck in der Stimme klar.

Von Monika erst auf den Gedanken gebracht, zögert Albehart und überlegt kurz, ob er die Mädchen nicht ein wenig veralbern soll. Die Vorstellung, die beiden Mädchen nackt und mit rotem Kopf zu sehen, ist durchaus reizvoll. Aber das wäre sicher nicht besonders gut für die noch junge Freundschaft und er widersteht der Versuchung.

„Keine Sorge, das geht auch, ohne dass ihr euch hier freimachen müsst", sagt Albehart und grinst unverschämt, was aber die Mädchen nicht sehen können und die Pferde nicht interessiert.

„Lasst die Klamotten einfach an. Die werden dann zu Fell verwandelt, aber ganz spurlos wird es wohl nicht bleiben", meint er.

Dann erklärt Albehart, dass er gar nicht genau vorhersagen könne, wie Kristin und Monika als Pferde aussehen werden, wenn er sie mit dem einfachsten, aber auch sichersten Zauber verwandelt. Die schlanke, groß gewachsene Kristin mit ihren langen braunen Haaren wird wahrscheinlich auch ein großes, schlankes, braunes Pferd werden und vermutlich helle Flecken haben, die von den Kleidern kommen, schätzt er. Die kleinere, dunkle, kraushaarige Monika würde, spekuliert Albehart, wohl eine dunkle Stute mit wolligem Fell werden.

„Zum Glück haben wir ja keine Neonfarben an", sagt Monika kichernd und stellt sich ein braunes Pferd mit Neonflecken vor.

„Seht ihr da die beiden Gürtel, die ich auf den Baumstumpf gelegt habe?", spricht Albehart weiter. „Die müsst ihr einfach nur umlegen, direkt auf die Haut, und dann seid ihr auch schon in Pferde verwandelt."

„Diese merkwürdigen Riemen meinst du? Woraus sind die denn?", will Monika wissen.

„Das ist Pferdeleder und sie sind schon uralt. Die haben die ganze Zeit bei uns im Speicher gelegen", erklärt Albehart. „Eine ganz einfache und sichere Sache. Allerdings müsst ihr wissen, dass der Zauber bricht, wenn jemand weiß, dass ihr in Pferde verwandelt worden seid und euch mit eurem richtigen Namen anspricht. Das ist bei vielen Elbenzaubern so!"

„Wie, wenn jemand Kristin ruft, wenn ich als Pferd vorbeilaufe, bin ich wieder ich?", fragt Kristin staunend.

„Ja, aber wer weiß schon, dass du als Pferd rumläufst?", erwidert Albehart trocken.

Mit spitzen Fingern hebt Kristin einen der Fellriemen auf. Die Haare sind an fast allen Stellen abgewetzt und die Gürtel sind hart und rissig. Mit einem leichten Schaudern zieht sie ihre Bluse aus der Hose, so dass sie den Zaubergurt um den nackten Bauch binden kann. In dem Augenblick, als sie die verrostete Schnalle schließt, reißt es so plötzlich an allen Gelenken, dass sie erschrocken aufschreit. Laut wiehernd steht ein braunes Pferd, wo eben noch Kristin stand. Es hat eine lange, dunkle

Mähne, viele kleine weiße Flecken an den Flanken und einen langen, dichten Schweif. Das Fell glänzt im Sonnenlicht, das wegen der schon tief stehenden Sonne schräg durch das löchrige Blätterdach fällt. Kristin könnte jauchzen vor Glück und nur mit Mühe kann sie sich zurückhalten, um nicht direkt loszurennen. Wenige Augenblicke später steht Monika als mittelgroßes, schwarzes Pony mit wolligem Fell daneben – genau so, wie Albehart erwartet hatte.

„Los, lasst uns losrennen!", jubelt Kristin.

„Aber das Gras hier ist doch absolut unschlagbar. So etwas Gutes findest du auf keiner Weide", erwidert Schattenfell.

Es dauert einen Moment, bis Kristin begreift, dass sie jetzt mit Schattenfell reden kann.

Momente später hat sich auch Albehart in einen kleinen, dunkelbraunen, aber bildschönen Hengst verwandelt. Er hat eine fast endlos lange, gelockte Mähne. Die seidigen, fast schwarzen Mähnenhaare reichen beinahe bis an seine Nüstern.

„Als Pferd sieht er noch besser aus!", flüstert Kristin Monika so leise wie möglich zu, damit niemand sonst es hören kann.

Monika nickt leicht, doch das Aussehen von Albehart ist im Moment für sie nebensächlich.

Angesteckt vom Übermut der anderen traben auch Schattenfell und Freija hinaus auf den Weg. Nach wenigen Metern sehen sie vor sich freie Wiesen und rennen auf den Bach zu, der sich im Tal zwischen Trauerweiden und Erlen windet. Kristin, Monika und Albehart scheinen keine Hindernisse zu kennen und springen über jeden Zaun und jeden Graben, während die richtigen Pferde sich viel vorsichtiger bewegen und lieber durch die geöffneten Koppeltore laufen, auch wenn das einen Umweg bedeutet. Im gestreckten Galopp preschen die Pferde am Bach entlang.

„Einfach großartig!", ruft Kristin etwas atemlos und spricht dabei allen aus dem Herzen.

„Ist das da hinten nicht Schattenfell?", fragt Alexandra-Christiana.

„Wo? Ich sehe nichts", antwortet Leonie.

„Ja, da unten am Bach!", ruft Carola ganz aufgeregt.

„Und direkt dahinter ist doch dieses Pony, das diese Langweilerin mit den schwarzen Locken reitet."

„Da wird es unsere Superreiterin Kristin wohl irgendwo abgeworfen haben", freut sich Alexandra-Christiana hämisch.

Seit dem ersten Abend verbindet sie mit Kristin eine herzliche Feindschaft.

„Aber da sind doch noch andere Pferde, die ich noch nie gesehen habe? Los, wir fangen die Gäule einfach ein. Das wird ein Spaß!", hören Carola und Leonie gerade noch, während Alexandra-Christiana Schneesturm die Hacken in die Seite rammt.

Das Pferd bäumt sich kurz auf und spurtet dann los.

„Achtung, da hinten kommen welche!", warnt Schattenfell seine Freunde.

Wie immer hat der Wildhengst instinktiv die Umgebung im Auge behalten und daher die Verfolger schon von Weitem erspäht.

„Lasst uns da vorne durch die Büsche und dann runter zum Bach."

Das Gelände ist ziemlich unübersichtlich und Schattenfell hat gleich gesehen, wie sie die Jäger abhängen können. Alexandra-Christiana hatte sich das Einfangen viel zu einfach vorgestellt. Nachdem sie mühsam einige hohe Hecken und breite Gräben umritten hat, sind Schattenfell und die anderen Pferde nicht mehr zu sehen.

„Brrr!", hält sie Schneesturm an und atmet tief durch.

Bald darauf sind auch ihre beiden Freundinnen bei ihr und schnaufen.

„Die Pferde haben doch gar keine Sättel getragen. Dann kann Kristin auch nicht abgeworfen worden sein", schließt Alexandra-Christiana.

Wenn sie wüsste, dass sie Kristin sogar als Pferd gesehen hat!

„Für die langweiligen Schnepfen interessiert sich doch eh keiner", versucht sie, ihre Enttäuschung zu verbergen.

Alexandra-Christiana hätte zu gerne den Triumph genossen, Kristin verdreckt und vom Pferd gestürzt zu sehen. Die Vermutung vom ersten Abend hat sich mittlerweile bestätigt. Auf diesen Reiterferien ist Kristin das einzige der Mädchen, das genauso hübsch und elegant ist wie sie. Und sie kann nur schwer damit umgehen, nicht die Erste zu sein und alleine im Mittelpunkt zu stehen.

Während Alexandra-Christiana, Leonie und Carola langsam zurück in Richtung *Drei Eichen* reiten, laufen Kristin, Monika und die anderen gerade das letzte Stück unter alten Weiden am Bach entlang und verschwinden im Wald. Hier sind sie sicher, dass niemand sie sehen kann.

„Puh! Das hätte ins Auge gehen können", schnauft Monika erleichtert, als sie so weit in den Wald hinein gelaufen sind, dass man sie von außen auf keinen Fall mehr erkennen kann.

„Wir müssen besser aufpassen, damit wir unser Geheimnis nicht verraten."

„Wohin jetzt?", fragt Albehart, der sich als Erster von dem Schreck erholt hat. „Da hinten liegt ein verlassenes Gestüt."

„Was meinst du?", fragt Monika.

„Ein altes Gestüt, so wie *Drei Eichen*, nur dass dort seit Jahren niemand mehr wohnt", erklärt Albehart.

Doch nachdem sie gerade erst mit einiger Mühe Alexandra-Christiana und ihren beiden Schatten entwischt sind, ist besonders Monikas Abenteuerlust stark gedämpft. Sie ist noch etwas skeptisch und nicht wirklich überzeugt davon, dass das jetzt eine gute Idee ist.

„Das liegt so abseits, dass sich dahin eigentlich nie jemand verirrt, und es ist total abenteuerlich, in dem verlassenen Gehöft zu spielen", gelingt es Albehart schließlich, sie zu überzeugen.

Gemeinsam laufen sie los, wobei sie nun darauf achten, immer im Wald zu bleiben. Bald ist die Jagd auf sie vergessen, und sie traben sorglos auf ihr Ziel zu. Als sie kurz eine Landstraße entlanglaufen, bemerken sie nicht einmal, dass ein vorbeikommendes Auto scharf bremst.

Mit offenem Mund schaut der Fahrer den frei laufenden Pferden nach, doch da sind sie auch schon wieder im Wald verschwunden.

„Da ist es schon", sagt Albehart, als sie um eine letzte Wegbiegung kommen und das alte Gemäuer vor sich liegen sehen.

Vor dem Haus steht ein weißer Lieferwagen, und sie können drei Männer sehen, die sich offensichtlich etwas zu essen kochen. Neugierig und nichts ahnend gehen die Pferde näher.

„Du, ich glaub mich tritt ein Pferd!", flüstert einer der drei.

Es ist ein Mann mit langen, fast schwarzen, fettigen Haaren. Unsanft stößt er seinem Nachbarn einen Ellbogen in die Rippen. Dieser ist klein, leicht untersetzt und hat kurze rote Locken.

„Da kommen ungesattelte Pferde direkt auf uns zu. So einfach hätte ich mir das nicht vorgestellt!"

Auch der dritte der Männer hat jetzt die Pferde entdeckt. Sein Kopf ist fast kahl und er trägt ein kleines Bärtchen rund um den Mund.

„Die schnappen wir uns!", brummt er und steht langsam auf.

Vorsichtig, damit er die fremden Pferde nicht erschreckt, lockt er mit einer Möhre in der Hand. Kristin und Monika halten argwöhnisch Abstand, denn man hat ihnen von klein auf eingeschärft, bei Fremden vorsichtig zu sein. Diese Fremden sehen besonders wenig vertrauenerweckend aus. Freija und Schattenfell folgen dem Beispiel der Mädchen als Herdentiere instinktiv. Albehart jedoch will sich die leckere Möhre nicht entgehen lassen und trabt freudig wiehernd zu den Männern. Bevor er aber noch die Möhre schnappen kann, hat ihm der Schwarzhaarige schon eine Lassoschlinge über den Kopf geworfen. Jetzt hilft auch alles Wüten nicht mehr!

„Ho, ho", versucht der Mann mit den roten Locken vergeblich, Albehart zu beruhigen.

Wütend steigt Albehart auf die Hinterbeine und schlägt mit den Vorderhufen nach dem Mann, der ihm aber geschickt ausweicht. Auch alle Versuche des Hengstes, ihn umzurennen, wehrt er gekonnt ab. Offensichtlich kann er mit Pferden umgehen, egal wieviel sie toben.

„Das haben wir gleich", knurrt der dritte der Männer.

Er eilt mit einem weiteren Lasso zu Hilfe und wirft es in einem günstigen Moment dem Hengst über den Kopf. Jetzt hat Albehart keine Chance mehr, denn die Männer können nun aus verschiedenen Richtungen ziehen und ihn sich so vom Leib halten. Schließlich wird er mit den beiden Seilen fest an den Koppelzaun angebunden.

„Klasse! Darauf heben wir jetzt einen", freuen sich die Männer über den unerwarteten Fang.

„Der bringt gut und gerne 10 Mille. Da wird der Chef morgen aber stolz auf uns sein."

Vom Wald aus beobachten die anderen Pferde die Szene. Während des Kampfes von Albehart sind sie erschrocken geflohen und haben sich in Sicherheit gebracht. Sie sehen, wie Albehart am Koppelzaun angebunden wird und wie es sich die Männer im Hof an einem Gartentisch bequem machen.

„Und jetzt feiern die, dass sie Albehart geschnappt haben", ereifert sich Kristin und ärgert sich über ihre Ohnmacht.

„Schau mal, wenn man da links rüber geht, können sie einen von dem Tisch aus nicht sehen. Wir könnten uns ranschleichen und Albehart befreien", analysiert Monika die Lage.

Das sieht gefährlich aus und sie ist keine geborene Heldin. Aber haben sie eine andere Wahl?

Albehart sitzt in der Klemme, und sie müssen ihrem Freund helfen. Monika gibt sich einen Ruck.

„Komm, Kristin, es hilft alles nichts. Wir müssen es versuchen!"

Kristin schaut sie kurz an, nickt und geht dann langsam los. Ein beklommenes Gefühl macht jeden Schritt schwer. Monika folgt ihr, aber sie fühlt sich nicht wirklich besser.

„Ganz schön mutig von den beiden", bemerkt Freija anerkennend, „dass die sich wieder da hinunter trauen. Mir steckt noch der Schreck in den Gliedern."

So weit hat Schattenfell noch gar nicht gedacht.

„Halt, nicht ihr zwei!", hält er die Mädchen zurück.

Es widerstrebt dem Hengst, einfach von sicherer Warte aus zuzusehen, wie seine Freundin das Risiko auf sich nimmt, Albehart zu befreien. Das Mindeste ist doch, dass er mitkommt, um sie notfalls zu beschützen.

„Ich gehe mit Kristin, damit ich auf sie aufpassen kann, und Monika bleibt mit Freija hier, um Hilfe zu holen, falls noch etwas schiefgeht."

In der Gefahr übernimmt der Wildhengst wie selbstverständlich die Verantwortung. Seine Entschlossenheit macht Kristin Mut. Äußerst behutsam gehen Kristin und Schattenfell los, obwohl die Männer auf die Entfernung den leisen Hufschlag nie und nimmer hören können.

‚Meine Güte, wie kann man nur so dämlich sein!'

Albehart hat sich mittlerweile so weit beruhigt, dass er darüber nachzudenken beginnt, wie er sich wieder befreien kann.

‚Unsichtbar könnte ich mich machen', überlegt er, aber auch ein unsichtbares Pferd wäre immer noch fest angebunden. ‚Klar, einfach in etwas Kleines verwandeln und das Thema ist gegessen', kommt ihm ein rettender Einfall.

Dafür braucht er sich lediglich in seine richtige Gestalt zurückzuverwandeln, doch das ist nicht so einfach. Auch er hat den einfachen Zauber mit dem Pferdegürtel gewählt, von dem nur eine winzige Schnalle am Bauch nach der Verwandlung geblieben ist. Diese muss er jetzt an einem Baumstamm oder etwas Ähnlichem aufdrücken.

‚Dieser Pfosten müsste es tun', überlegt er.

Das Seil ist ziemlich kurz. Ächzend streckt er sich, so weit er kann. Wenn er sich ganz lang macht, reicht er mit seinem Bauch gerade weit genug, aber dann kann er nicht mehr hinsehen! Leise vor sich hinfluchend probiert er es immer wieder. Endlich hat er es geschafft, die Schnalle springt mit einem dumpfen Klack auf, und er verwandelt sich augenblicklich in seine normale Gestalt.

„Ha, habt ihr gemeint, dass ihr mich hier so einfach fangen könnt", murmelt er vor sich hin, während er den Gürtel wieder anzieht und sich gleich darauf wieder in den Hengst verwandelt. Immer in Deckung läuft er zu Kristin und Schattenfell, die er vom Waldrand kommen sieht.

„Da haben die Kerle aber die Rechnung ohne den Wirt gemacht", meint Albehart lässig zu den beiden, die das Gehöft schon fast erreicht hatten.

Was gar nicht so einfach ist, da sein Herz immer noch wie wild klopft und er nur mit Mühe ein Zittern unterdrücken kann, aber vor dem Mädchen möchte er sich keine Blöße geben.

„Hey, was ist denn mit dem Gaul los?", wird der schwarzhaarige Mann misstrauisch, als er Albeharts zufriedenes Schnauben hört.

Gleich darauf hört er das Hufgetrappel der Pferde, die zum Wald galoppieren, wo die anderen warten. Die Männer springen auf und rennen zu dem Gatter, an dem Albehart angebunden war.

„Halt, kommt zurück", ruft der Schwarzhaarige unsinnigerweise, denn dass der Hengst ihm nicht noch einmal so arglos in die Falle gehen wird, ist ihm klar.

„Warum habt ihr den Gaul nicht ordentlich angebunden?", fährt der Mann, der wohl der Anführer der Bande ist, die beiden anderen an und streicht sich die fettigen schwarzen Haare aus dem Gesicht. Wütend hält er den anderen das leere Halfter vor das Gesicht. Wie konnte das Pferd das denn abstreifen?

„Nur ruhig Blut! Den holen wir uns wieder", knurrt der Rothaarige, als er mit den anderen zum Tisch zurückkehrt. „Die können doch nur aus einer Koppel von *Drei Eichen* ausgebrochen sein und bis heute Nacht sind die sicher wieder eingefangen. Dann sehen wir uns wieder!"

Da zuckt schon der erste Blitz eines aufziehenden Gewitters vom Himmel und die Pferde beeilen sich, zurückzukommen. Der schnell auf den Blitz folgende Donner sagt ihnen, dass sie nur noch wenig Zeit haben, wenn sie trocken nach Hause kommen wollen. So schnell sie können, laufen sie zu der Lichtung mit den Sätteln, Kristin und Monika streifen die Zaubergürtel ab und satteln in Windeseile die immer nervöser werdenden Schattenfell und Freija.

Albehart schaut ihnen unter seinem riesigen Wichtelhut lässig zu – Regen und Gewitter machen ihm nichts aus.

„Los, macht schnell, sonst kommt ihr in das Gewitter!", ruft ein vorbeireitendes Kind auf dem Weg zum Gutshof, als sie gerade aus dem kleinen Wildwechsel kommen. Schon fallen die ersten Tropfen. Sie erreichen den Stall wenige Augenblicke, bevor ein sintflutartiger Regen einsetzt. Vor Anstrengung noch keuchend sitzen sie ab und bringen die Pferde in den Stall.

In Windeseile sind Freija und Schattenfell abgesattelt, trocken gerieben und in ihrer Box. Möhren und eine eigentlich nicht erlaubte Extraration Hafer haben sie auch schon bekommen. Laut prasselt der Regen aufs Blech des Stalldaches und ab und zu sieht man einen Blitz und hört kurz darauf den Donner krachen. Das Gewitter ist ganz nahe.

„Das war knapp", schreit Monika lachend zu Kristin.

„Ja, bei dem Regen hat man in Sekunden keinen trockenen Faden mehr am Leib."

„Mach's gut, Freija. Bis morgen", verabschiedet sich Monika und geht zur Stalltür.

„Komm, sonst gibt es nichts mehr zu essen", drängt sie.

„Mach's gut, Schattenfell. Bis morgen", verabschiedet sich auch Kristin und will aus Schattenfells Box gehen. „Jetzt kannst du dich ausruhen."

Müde, mit hängenden Ohren, schaut der Hengst Kristin lange an. Krachend zerbeißt er gerade eine Möhre.

„Du bist so lieb!", schnaubt er und geht schnell die paar Schritte zur Stalltür.

Dann stupst er seine Freundin zärtlich mit der Nase an der Schulter. Kristin durchflutet plötzlich ein ganz warmes Gefühl und sie umarmt den Hengst am Hals.

„Ich will dich nie wieder hergeben", flüstert sie in sein Ohr. „Ganz toll fand ich von dir, dass du mich beschützt hast, als wir Albehart befreien wollten."

Versonnen krault sie das Fell hinter den Ohren. Schattenfell wiehert leise und reibt liebevoll seine Nase an Kristins Wange.

„Kristin, wir müssen jetzt wirklich los, sonst gibt es nichts mehr zu essen, aber eine Menge Ärger!", ruft Monika laut und ungeduldig.

„Gute Nacht, mein Lieber", flüstert Kristin in Schattenfells Ohr und ruft dann laut zu Monika: „Ja, ich komme schon!"

Langsam löst sie ihre Arme vom Nacken des Hengstes, streichelt noch einmal seinen Hals und geht dann mit einem leichten Seufzen aus der Box. Leises Wiehern und Schnauben von Schattenfell begleitet sie. An der Stalltür dreht sie sich um und winkt ein letztes Mal für heute Abend. Der Abschied fällt ihr richtig schwer. Schattenfell schaut ihr noch nach, lange nachdem die Stalltür ins Schloss gefallen ist.

‚Schlaf du auch gut, bis morgen', denkt er und vermisst Kristin schon jetzt.

Bisher waren die Kinder in den Reiterferien eher eine Abwechslung gewesen, aber mit Kristin verbindet ihn schon nach so wenigen Tagen eine richtige Freundschaft.

„Die sind ganz nett", meint Freija leise und mit vollem Maul zu Schattenfell. „Das war schon komisch, als wir heute alle zusammen als Pferde unterwegs waren."

Schattenfell wendet die Augen von der Stalltür, hinter der Kristin verschwunden ist, und schaut zu der Isländerstute.

„Wie meinst du?"

„Na ja, schließlich sind sie eigentlich Menschen und wir sind Pferde. Und heute waren wir einfach so gleich."

Der Wildhengst nimmt ein großes Maul voll von dem duftenden Heu, das Kristin in seine Raufe gelegt hat. Nachdenklich kaut er.

„So richtig gleich waren wir nicht, denke ich. Wir können bestimmt Freunde sein. Da bin ich mir ganz sicher. Aber trotzdem: Mensch bleibt Mensch und Pferd bleibt Pferd."

„Aber heute waren sie doch alle Pferde wie wir!"

Freija bläht protestierend die Nüstern.

„Wir hatten alle die Gestalt von Pferden. Da hast du recht. Aber trotzdem waren sie immer noch Menschen und Albehart ein Wichtel."

„Wieso bist du dir da so sicher? Ich habe keinen Unterschied gemerkt."

„Wirklich nicht? Wie war das denn heute Nachmittag? Wären wir nicht genauso arglos wie Albehart in die Falle getappt? Und als es drum ging, Albehart zu befreien – alleine hätte ich mich da nie wieder hingewagt. Nur um Kristin zu beschützen bin ich mitgegangen."

Freija sieht ihn mit großen Augen an und kaut mahlend. „Stimmt schon", gibt sie dann zu. „Mir ist auch der Schrecken in die Glieder gefahren. Am liebsten wäre ich schnurstracks hierher gerannt, wo ich in Sicherheit bin."

„Ich erinnere mich noch gut daran, wie es war, als ich in Kristins Haut gesteckt habe. Ich war immer noch ich und hab mich überhaupt nicht wohlgefühlt."

„Das hab ich ganz vergessen. Erzähl mal! Wie ist das so als Mensch? Wie sieht es denn im Gutshaus aus?"

„Einerseits war es ganz witzig. Es ist schon toll, was man mit Händen alles machen kann. So ein Huf ist ja nur zum Laufen da. Bestenfalls kann man damit mal kräftig zutreten."

Der graue Hengst wirft Carlo einen grimmigen Blick zu. Den wird er sich bei der nächsten Gelegenheit vorknöpfen.

„Und dann gibt es noch Kleider und Schuhe. Laufend muss man etwas an- oder ausziehen, damit man nicht schwitzt, friert oder den Boden schmutzig macht. Da ist ein Fell schon praktischer."

Schattenfell macht wieder eine Pause, um genüsslich ein Maulvoll Heu zu kauen.

„Verhungern würde ich auch. Du glaubst gar nicht, was Menschen so alles essen. Da war ein ganz langer Tisch, auf dem alle möglichen Sachen gestanden haben, die sie dann gegessen haben. Glaub mir: fast alles ist völlig ungenießbar. Und wenn sie mal etwas Gutes haben, zum Beispiel gab es knackig grünen Salat, der ganz lecker aussah, dann gießen sie eine saure Öl-brühe drüber. Es hat fürchterlich geschmeckt!"

Schattenfell schüttelt es immer noch bei dem Gedanken an Salatsoßen, Wurst und Käse.

„Aber das Schlimmste waren die Treppen. Ich musste eine Treppe hochgehen und sollte dort oben schlafen. Dir sind sicher schon mal die oberen Fenster aufgefallen. Dort war ich! Jeden Moment habe ich damit gerechnet, dass das alles zusammenbricht."

Das Schlafzimmer im ersten Stock war Schattenfell überhaupt nicht geheuer, als er in Kristin verwandelt die Nacht im Gutshof verbringen musste. Er konnte kein Auge zutun.

„Nein, da bleibe ich lieber Pferd. Wenn wir etwas gemeinsam mit unseren Menschenfreunden unternehmen, können wir das ja auch wie heute als Pferde tun. Da gibt es zu vieles, woran ich mich nie gewöhnen könnte. Einmal Mensch hat mir gereicht."

Nachdenklich schaut Freija den jungen Hengst an. So viel redet er sonst in einer ganzen Woche nicht. Ihm hat es also als Mensch nicht gefallen, aber ausprobieren wäre sicher nicht das Schlechteste. Vor dem Essen ist sie ja nun gewarnt.

‚Vielleicht ergibt sich ja etwas', denkt Freija verschmitzt.

Die Neugier bleibt.

Der Regen hat genauso schnell aufgehört, wie er begonnen hatte. Der Boden dampft richtig, als die beiden Mädchen über den Hof zum Gutshaus gehen.

„Puh, das war ein Abenteuer", sagt Kristin zu Monika.

Verschwitzt und mit rotem Kopf kommen sie als Letzte zum Abendessen.

„Ja, ich hätte nicht mehr gedacht, dass wir es noch rechtzeitig schaffen", stimmt Monika zu.

„Aber jetzt habe ich einen Bärenhunger!"

Lachend schlendern die beiden Mädchen zum Buffet und laden sich ihre Teller voll, erleichtert, dass sie dieses Abenteuer gut überstanden haben. Gibt es einen Tisch für sie alleine, so dass sie sich ungestört unterhalten können?

„Da hinten in der Ecke!", sagt Monika und steuert den Tisch in der fensterlosen Ecke an, über dem ein ausgestopfter Birkhahn hängt.

„Wir müssen morgen besser aufpassen", setzt Kristin das Gespräch fort, als sie beide sitzen.

„Das Versteck für die Sättel und das Zaumzeug ist wohl ungefährdet", überlegt Monika. „Das hat Albehart gut ausgesucht. Aber wir müssen zukünftig immer im Wald laufen, wenn wir nicht ganz sicher sein können, dass niemand sonst von hier uns sehen kann. Wenn Schattenfell nicht so gut aufgepasst hätte, hätten die uns glatt erwischt."

„Dass Albehart nochmal solchen schrägen Vögeln wie den drei Männern eben auf den Leim gehen wird, kann ich mir nicht vorstellen. Hast du gesehen, wie cool er getan hat und wie aufgeregt er noch war, als wir schon wieder zurückverwandelt waren?", kichert Monika.

„Kannst du dir vorstellen, was die Kerle wollen?"

„Keine Ahnung. Etwas Gutes führen die sicher nicht im Schilde. Aber ich glaube nicht, dass wir sie wiedersehen", antwortet Kristin.

„Du hast recht. Und wenn, dann halten wir einfach genügend Abstand. Blöd aus der Wäsche haben sie ja schon geguckt, als Albehart auf einmal wieder frei war."

Kristin prustet los und die beiden Mädchen schütteln sich vor Lachen.

„Ist hier noch ein Platz frei?", fragt Henning, ein gut aussehender Junge, der etwas älter ist als Kristin und Monika.

Obwohl er beeindruckend gut reitet, ist er Kristin und Monika bisher nicht weiter aufgefallen. Zu viel ist in diesen ersten Tagen passiert.

„Mir geht das ewige Gerede über Kleider, Freundinnen und Modemarken da drüben auf den Wecker."

„Na ja, wir tauschen auch gerade Mädchengeheimnisse aus", antwortet Kristin schnippisch.

Sie möchte ihn abwimmeln, um sich weiter ungestört mit Monika unterhalten zu können.

Henning verzieht enttäuscht den Mund, murmelt etwas von „Hühnerhaufen" und geht zum Nachbartisch.

„Vielleicht hätte ich ein wenig freundlicher sein sollen", überlegt Kristin laut. „Er scheint ja ganz o. k. zu sein."

„Ja, er soll ganz nett sein, habe ich gehört", stimmt Monika zu. „Aber jetzt passt er uns einfach nicht in den Kram."

„Kinder, hat jemand von euch draußen frei laufende Pferde gesehen?", fragt Herr Schwegler, der gerade in den Speisesaal kommt. „Eben wurde im Radio gemeldet, dass hier in der Nähe einige Pferde über die Straße gelaufen sind. Von *Drei Eichen* sind sie nicht, das haben wir schon überprüft, aber die Tiere müssen eingefangen werden, bevor ein Unfall passiert."

„Ja, wir haben Pferde gesehen, die am Bach entlanggelaufen sind", meldet sich Alexandra-Christiana. „Aber ich wäre mir nicht so sicher, dass die nicht von *Drei Eichen* waren", fügt sie in verschwörerischem Tonfall hinzu.

„Wie meinst du das?", fragt Herr Schwegler neugierig. „Ich habe gerade mit Karl gesprochen.

Unsere Pferde stehen alle im Stall oder auf der Koppel."

„Die Pferde hatten keine Sättel und kein Zaumzeug an. Aber wenn sie gesattelt gewesen wären, hätte ich gewettet, dass Schattenfell und diese braune Isländerstute, Freija oder Frigga heißt sie, glaube ich, unter den Pferden waren", drängt Alexandra-Christiana Herrn Schwegler, Kristin und Monika Schwierigkeiten zu machen.

„Hmm, das ist merkwürdig. Kristin, Monika, ihr reitet doch Schattenfell und Freija. Dann können sie es ja nicht gewesen sein, oder?", wendet sich der Gutsbesitzer an Kristin und Monika.

„Wir waren die ganze Zeit mit Schattenfell und Freija zusammen", antwortet Monika gedehnt, während sie rot wird wie eine Tomate.

„Dann können sie es nicht gewesen sein. Lexa, du musst dich geirrt haben. So selten sind graue Falben auch wieder nicht", stellt Herr Schwegler fest und betrachtet die Sache zunächst als abgeschlossen.

Gekränkt schaut Alexandra-Christiana zuerst zu Herrn Schwegler und blitzt dann Kristin böse an.

‚Das werden wir schon noch sehen, was ihr da macht', denkt sie misstrauisch. ‚Da ist doch etwas faul. Oberfaul! Euch kriege ich.'

Später unterhält sich Herr Schwegler noch mit Petra über den Vorfall. Die nächste Pferdekoppel ist fast zehn Kilometer entfernt, und Pferde kommen weder aus dem Nichts noch lösen sie sich in Luft auf. Auch Petra hat den schuldbewussten Blick der Kinder bemerkt.

„Ich werde die Augen offenhalten", sagt Petra. „Vielleicht haben die beiden doch aus falsch verstandener Tierliebe die Pferde frei laufen lassen?"

Diebe in der Nacht

Zwei Stunden nach Mitternacht liegt *Drei Eichen* wie verlassen im fahlen Mondlicht. Langsam rollt ein weißer Lieferwagen die Allee entlang. Der Fahrer fährt mit gedrosseltem Motor, so dass der Wagen möglichst leise ist. Kurz vor dem Gutshof dreht der Lieferwagen und hält im Schatten eines großen Baumes an. Zwei Männer steigen aus und sehen sich vorsichtig um.

Kurz darauf gehen sie jeden Schatten nutzend zum Stall. Ein dritter Mann steigt aus, öffnet die hintere Tür des Lieferwagens und legt einige Bretter als Rampe von der Ladekante auf den Boden. Dann geht er einige Schritte zurück zwischen zwei Bäume. Von hier aus kann er den

Eingang des Gutshofes und die Stalltür gut überblicken, ohne gesehen zu werden.

„Prima, das Schloss an der Stalltür ist ein
Kinderspiel", sagt der vordere der beiden Männer, als sie den Stall erreichen.

Er trägt eine Taschenlampe in der einen und
einen kleinen Koffer in der anderen Hand, den
er kurz abstellt, um einen Dietrich und einen
langen, dünnen Eisenstab aus der Tasche zu ziehen. Ohne auch nur die Taschenlampe aus der
Hand zu legen, greift der Mann mit den beiden
Werkzeugen in die Schlüsselöffnung. Augenblicke später springt die Tür mit einem leisen
Klacken auf. Noch einmal schauen sich die beiden Männer um und dann sind sie im Stall verschwunden.

„Pass auf, dass du die Pferde nicht direkt an-
leuchtest. Nicht dass sie Lärm machen", flüstert
der zweite der beiden Männer und streicht sich
seine langen fettigen Haare aus dem Gesicht.

„Bist du nervös?", fragt der andere spöttisch
zurück. „Ich mache das ja nicht zum ersten
Mal."

Plötzlich pfeift der mit den langen Haaren,
der Anführer, leise durch die Zähne.

„Das wird ja immer besser", flüstert er seinem Kollegen zu und deutet auf die Tafel an der
Boxentür vor ihnen. „Ein gekörter Trakehner-

hengst. Wenn wir das hier glatt über die Bühne bringen, sind wir für dieses Jahr saniert."

Langsam greift der Angesprochene in den kleinen Koffer und zieht einen Wattebausch und eine Flasche mit einer farblosen Flüssigkeit heraus. Mit geübten Handgriffen tränkt er einige Zuckerstücke mit der Flüssigkeit.

„Na, mein Schöner", lockt er den wertvollen Hengst und hält einige der präparierten Zuckerstücke in der Hand.

Donar schnaubt leise und schaut neugierig. Seine Ohren sind nach vorne gedreht und seine Oberlippe ist freundlich nach vorne geschoben. Der edle Hengst hat bisher noch keine schlechten Erfahrungen gemacht und wird von allen umsorgt und verwöhnt.

„Ja, komm her, ich hab was Feines für dich."

Donar ist langsam an die Boxentür gekommen und lässt sich jetzt mit Zuckerstücken füttern. Eine kurze Weile nur, dann hat das Beruhigungsmittel seine Wirkung getan und der schwarze Hengst folgt den Männer willig aus der Box, ohne auch nur einmal nervös oder ängstlich zu schnauben. Einige der anderen Pferde in den Nachbarboxen schauen neugierig zu, aber keines der Tiere ist wirklich beunruhigt. In dem Reitstall haben viele Leute ihre Pferde eingestellt, so dass die Tiere weitgehend fremde Menschen gewöhnt sind. Warum dann nicht auch mal nachts ganz fremde?

„Halt, Vorsicht! Da ist jemand", sagt plötzlich einer der Diebe.

Regungslos verharren die beiden Männer an der angelehnten Stalltür und beobachten, wie im ersten Stock des Gutshauses das Licht aufleuchtet. Eine schemenhafte Gestalt geht am Fenster vorbei und kommt wenig später zurück. Dann wird es wieder dunkel.

„Weiter geht's, damit wir fertig werden", zischt der mit den langen, fettigen Haaren, nachdem es eine Weile wieder dunkel ist.

Das ist nicht ihr erster Diebstahl und eine solche Störung bringt sie nicht aus der Ruhe. Wenige Minuten später haben die geübten Pferdediebe Donar und kurz darauf Carla, eine schöne Hannoveraner Fuchsstute, in den Lieferwagen gebracht. Der Fahrer, der bisher Schmiere gestanden hat, fährt sofort davon. Dann kehren die beiden anderen Männer in den Stall zurück und erscheinen kurz darauf wieder mit zwei gesattelten Pferden. Es sind Loki, das Turnierpferd Petras, und Patriarch, der Wallach, den Henning während der Ferien reitet.

Mit Kennerblick haben die Diebe selbst in der Dunkelheit die vier neben Schneesturm wertvollsten Tiere herausgesucht. Sie führen die Pferde an Zügeln in Richtung Wald. Sobald sie sicher sind, dass man den Hufschlag nicht mehr vom Haus aus hören kann, steigen sie auf und verschwinden in der Dunkelheit.

Der ganze Spuk dauert nur wenige Minuten, und die Männer sind davon überzeugt, dass niemand sie gesehen hat. Schattenfell haben sie nicht wiedererkannt, und weil ein solches Pferd nicht besonders teuer ist, hat es sie auch nicht weiter interessiert.

‚Ist das nicht der durchdringende Geruch, den ich heute bei dem verlassenen Gehöft schon mal gerochen habe?'

Aufmerksam flehmt der Wildhengst. Ja, kein Zweifel, das sind die Gauner, die schon Albehart fangen wollten.

‚Merkwürdig, warum kommen die Männer mitten in der Nacht und holen Pferde ab?', fragt er sich.

Schläfrig wie er ist, gähnt er herzhaft und denkt nicht weiter darüber nach. Er möchte nicht mitten in der Nacht gestört werden. Müde lässt er die Ohren hängen, um ein wenig zu schlafen.

„Kann es sein, dass Donar lediglich seine Boxentür aufgestoßen hat und einfach nur weggelaufen ist?", fragt Herr Schwegler ohne große Hoffnung.

„Nein, ich fürchte, er ist wirklich weg. Und es fehlen ja noch Patriarch, Carla und Loki, unsere besten Pferde, wenn man mal von Schneesturm absieht", erwidert Karl.

Der Stallknecht war am Morgen als Erster im Stall und hatte die angelehnte Tür bemerkt.

Kurz darauf fand er die Boxen der vier wertvollen Pferde leer und kam sofort aufgeregt zu Herrn Schwegler, um den Diebstahl zu melden. Mit aschfahlem Gesicht geht Herr Schwegler zum Telefon und wählt die Nummer der Polizei.

„Guten Morgen. Ich möchte einen Diebstahl melden ...", sagt er mit tonloser Stimme.

Der Verlust dieser vier Tiere, ja schon der Verlust von Donar alleine, wäre der Ruin des Reiterhofs. Die Deckgebühren sind fest eingeplant, und Herrn Schwegler schwindelt bei dem Gedanken, dass mit einem Schlag sein Lebenswerk vernichtet sein könnte. Auch wenn ein großer Teil des Schadens voraussichtlich von der Versicherung aufgefangen würde, wäre es wohl das Ende für *Drei Eichen,* und er müsste den schweren Gang zum Insolvenzrichter antreten.

Wenige Minuten später hält ein Streifenwagen der Polizei im Gutshof, und drei Polizisten steigen aus.

„Guten Tag! Peters ist mein Name. Ich leite die Ermittlungen", stellt sich der Kommissar Herrn Schwegler vor, der ihm ungeduldig mit langen Schritten entgegenkommt.

„Schön, dass Sie da sind", begrüßt er die Polizisten und klärt Kommissar Peters in wenigen Sätzen über die Situation auf.

„Zuerst müssen wir mal den Tatort untersuchen, bevor jemand versehentlich Spuren verwischt", leitet Kommissar Peters routiniert die nächsten Schritte ein. „Und dann möchten wir mit jedem, der während der Nacht hier war, sprechen. Können Sie uns dafür einen Raum zur Verfügung stellen und dafür sorgen, dass alle für die Befragung bereit stehen?"

„Selbstverständlich werden wir alles tun, um Sie in Ihrer Arbeit zu unterstützen", antwortet Herr Schwegler.

Einer der Polizisten ist Experte der Spurensicherung und wird von Karl zum Stall geführt, wo er nach möglichen Hinweisen auf die Täter oder den Ablauf des Diebstahls suchen will.

Die übrigen Polizisten befragen in den folgenden Stunden die Kinder und Bewohner von *Drei Eichen*.

„Ist Ihnen irgendetwas Besonderes aufgefallen?", fragt Kommissar Peters Herrn Schwegler.

„Nein, gestern Abend war ein ganz normaler Abend. Völlig ohne Aufregungen", gibt er Auskunft. „Und die Nacht war absolut ruhig."

„Waren vielleicht Fremde in der letzten Zeit hier? Kam etwa ein Händler? Manchmal tarnen sich Diebe, die ein Objekt ausspähen wollen, auch als Hilfsorganisation?", fragt Kommissar Peters weiter.

„Ja, ein alter Studienkollege von mir war gestern Nachmittag hier, den ich seit einer Ewigkeit nicht mehr gesehen habe. Er hat sich nach längerer Wanderschaft jetzt als Pferdehändler selbstständig gemacht", antwortet Herr Schwegler.

Kommissar Peters sieht ihn stumm fragend an.

„Aber für Martin würde ich die Hand ins Feuer legen!", versucht er den plötzlich im Raum stehenden Verdacht sofort zu entkräften.

„Nun ja, es ist mindestens eine Spur, der wir nachgehen müssen", sagt Kommissar Peters ruhig.

„Wie können wir Martin erreichen? Und wie heißt er mit vollem Namen?"

„Hier ist die Telefonnummer", erwidert Herr Schwegler und zieht einen kleinen, handgeschriebenen Zettel hervor.

„Keine Visitenkarte?", murmelt Kommissar Peters nachdenklich, während er die Nummer wählt.

Von einem Pferdehändler sollte man das eigentlich erwarten.

„Oho, kein Anschluss unter dieser Nummer. Da haben wir aber eine heiße Spur!", freut er sich und gibt sofort eine Fahndung nach Martin Hannen in Auftrag. „Mit ein bisschen Glück haben Sie Ihre Pferde schon morgen zurück."

Herr Schwegler kann es gar nicht fassen, dass sein alter Freund hinter diesem Diebstahl stecken soll, aber die zielstrebige Arbeit der Polizei gibt ihm dennoch neue Hoffnung.

Kurz darauf ist die Spurensicherung der Polizei im Stall abgeschlossen. „Nichts Verwertbares. Keine Einbruchsspuren, keine frischen Fingerabdrücke, da waren wohl Profis am Werk", berichtet der Inspektor, der gerade zurück ins Gutshaus gekommen ist.

„Wie weit ist die Vernehmung der Kinder?", fragt Kommissar Peters den Kollegen, der die Befragungen durchführt.

Keines der Kinder hat etwas bemerkt. Es ist zwar anzunehmen, dass die gestohlenen Pferde mit einem Wagen abtransportiert wurden, aber auf dem harten Kopfsteinpflaster können keine Reifenspuren sichergestellt werden.

„Für den Moment können wir nichts weiter tun", sagt Kommissar Peters und gibt seinen Männern ein Zeichen, dass sie wieder abrücken sollen. „Wir haben immerhin eine heiße Spur und melden uns, sobald es etwas Neues gibt. Die genaue Beschreibung der Pferde schicken Sie uns bitte gleich noch per E-Mail. Meine direkte Durchwahl habe ich Ihnen ja dagelassen? Sie können mich jederzeit anrufen."

Sorgen- und hoffnungsvoll zugleich beobachten Herr Schwegler, Petra, Karl und Frau Wenger, wie der Polizeiwagen langsam die Auffahrt entlang vom Hof wegrollt.

„Heute Morgen fallen die Reitstunden aus. Ihr könnt ausreiten, wenn ihr möchtet und ohne Begleitung dürft", sagt Petra zu den Kindern, die aufgeregt in Gruppen herumstehen und über den Diebstahl spekulieren.

„Seid bitte um eins zum Mittagessen wieder hier."

Gleichzeitig nachdenklich und aufgeregt gehen die meisten Kinder zum Stall, um ihre

Pferde zu satteln. Jeder will helfen, die Tiere wiederzufinden, wenn auch niemand wirklich weiß, wie das gehen soll.

Nur Alexandra-Christiana gibt sich völlig uninteressiert. Die Sorgen von Herrn Schwegler und die Zukunft von *Drei Eichen* lassen sie kalt.

„Das ist nicht unser Problem. Lasst uns einen schönen Ausritt machen", sagt sie selbstgefällig zu ihren beiden ständigen Begleiterinnen. „Und wenn die hier zumachen, weil sie keine Pferde mehr haben, dann suchen wir uns einen anderen Reiterhof. *Drei Eichen* ist sowieso ein bisschen bieder für meinen Geschmack."

Auf eigene Faust

Kaum hat Petra die Erlaubnis zum Ausreiten gegeben, stürzen Kristin und Monika sofort zum Stall. Im Nu stehen Schattenfell und Freija gesattelt im Hof und die beiden sitzen auf.

„Hoffentlich treffen wir Albehart jetzt schon. Wir sind doch erst für den Nachmittag verabredet", überlegt Monika, als sie mit Kristin langsam, um keine Aufmerksamkeit auf sich zu lenken, auf den Wald zutrabt.

Aber sie hat sich umsonst gesorgt. Eben erst im Wald angelangt, tönt ihnen schon Albeharts

„Guten Morgen! Das ist ja schön, dass ihr bereits so früh da seid!" entgegen.

„Was war denn heute Morgen auf dem Reiterhof los?", fragt er, und die Mädchen berichten vom Diebstahl der Pferde und den Ermittlungen der Polizei.

„*Drei Eichen* ist wohl pleite, und das hier sind die letzten Reiterferien hier, wenn die Pferde nicht wiederbeschafft werden", schließt Monika, die vorher mitbekommen hat, wie Herr Schwegler seine finanziellen Nöte der Polizei erklärt hat.

„Meine Güte!", ruft Kristin plötzlich und schlägt die Hand vor den Mund. „Das darf einfach nicht sein!"

„Was darf nicht sein?", fragt Albehart, dem die ganze Aufregung etwas übertrieben scheint.

„Wenn *Drei Eichen* bankrott geht, wird hier alles verkauft. Wer weiß, ob ich dann Schattenfell jemals wiedersehen werde!"

„Meinst du wirklich, dass dann alles verkauft wird?", fragt Monika.

„Ja, ich denke schon. Und wenn der neue Besitzer keine Reiterferien veranstaltet, dann werden wir auch Albehart nicht mehr sehen können!"

Betroffen schauen sich die drei Freunde an.

„Wenn das so ist, dann finden wir eben die Pferde und bringen sie zurück", meint Albehart trocken, als sei dies das Einfachste der Welt.

„Aber jetzt erzählt doch erst mal der Reihe nach mit allen Einzelheiten."

Während die beiden Mädchen Albehart von dem Diebstahl und den Ermittlungen der Polizei berichten, reiten sie wieder den Wildwechsel entlang auf die Lichtung und satteln Schattenfell und Freija ab. Dann legen die drei sich die Gürtel um, damit sie nun gemeinsam mit ihren Pferden das weitere Vorgehen beratschlagen können.

„Es gibt keinen Ausweg: wir müssen Donar und die anderen Pferde zurückbringen", schließt Kristin, als sie sich schon wieder in eine braune Stute mit weißen Flecken verwandelt hat.

Schattenfell schaut fragend von einem zum anderen. Was gibt es für ein Problem mit Donar? „Donar und die anderen sind doch von den Männern abgeholt worden, die gestern Albehart fangen wollten. Wisst ihr das nicht?", sagt er und wundert sich, dass das eine Neuigkeit sein soll.

Monika und Kristin schauen ihn mit großen Augen an.

„Kann man denn nur so blöde sein wie wir?", stöhnt Monika. „Schattenfell und Freija waren ja dabei! Die Männer von gestern, sagst du?"

„Ja, gar kein Zweifel. Es waren der kleine mit den roten Haaren und der mit den langen schwarzen Haaren, der so stinkt."

Der Falbe rümpft die Nüstern. Allein der Gedanke an den Geruch ist schon eklig.

„Worauf warten wir noch?", ruft Kristin, vom Jagdfieber gepackt. „Wenn wir Glück haben, sind sie noch am verlassenen Gestüt!"

Und im selben Augenblick preschen die Pferde miteinander los.

Von Vorsicht, dass sie nicht wieder wie am Vortag als frei laufende Pferde Aufsehen erregen, keine Spur! Vergessen sind im Jagdfieber alle guten Vorsätze, sich unauffällig zu verhalten.

Schon sind sie entdeckt worden.

„Los, heute kriegen wir sie!", ruft Alexandra-Christiana und gibt Schneesturm die Sporen.

Sie hat mit ihren Freundinnen an genau derselben Stelle, von der aus sie am Vortag Schattenfell und die anderen gesehen hatte, auf der Lauer gelegen. Nun jagt sie im gestreckten Galopp hinterher.

„Auch das noch", warnt Schattenfell, der auch heute aufmerksam ist. „Da hinten sind schon wieder Reiter hinter uns her."

„Kein Problem", ruft Albehart, nachdem er sich einen Überblick über die Lage verschafft hat. „Die Anfänger sind wir gleich los. Da vorne in die Hecke rein und dann schlagen wir wieder einen Haken wie gestern."

Gesagt, getan. Als die drei Verfolgerinnen die Hecke erreichen, ist von den fünf Freunden weit und breit nichts mehr zu sehen.

„Lösen die sich einfach in Luft auf?", fragt Leonie verblüfft und zügelt ihr Pferd.

„Quatsch, keiner löst sich in Luft auf. Das nächste Mal müssen wir zusehen, dass sie nicht so viel Vorsprung haben", knurrt Alexandra-Christiana unwirsch.

Enttäuscht und mit vor Aufregung roten Wangen brechen die drei die Verfolgung ab.

So schnell sie können, galoppieren die Freunde zu dem verlassenen Gestüt.

„Die wollen gerade flitzen", ruft Kristin atemlos vom Laufen.

Vor wenigen Augenblicken sind sie am Waldrand angekommen, von wo aus sie das verlassene Gestüt überblicken können. Neben dem weißen Lieferwagen von gestern steht noch ein blauer Kombi mit Pferdeanhänger. In den wird gerade der rote Loki eingeladen. Der Lieferwagen rollt schon los.

„Was können wir machen?"

„Da, sie müssen über den Pfad, um zur Straße zu kommen", sagt Monika grübelnd.

„Wir schneiden ihnen den Weg ab", ruft Kristin schon im Loslaufen. „Zuallererst müssen wir verhindern, dass sie auf die Straße kommen, denn dann sind sie gleich über alle Berge. Danach sehen wir weiter."

Die Pferde laufen am Waldrand entlang zu dem schmalen Pfad, den die Autos nehmen müssen. Kurz vor dem Lieferwagen erreichen sie den Weg und bleiben stehen, so dass die Durchfahrt blockiert ist. Hupend kommt der weiße Lieferwagen näher. Reglos stehen die Pferde nebeneinander da, so dass das Auto nicht weiterfahren kann. Was ist das? Frei laufende Pferde, die sich nicht einmal von einem hupenden Lieferwagen vertreiben lassen?

„Ich fasse es nicht!", schreit der Mann mit den langen schwarzen Haaren nervös.

Bisher ist alles so glatt gelaufen. Sie bräuchten nur noch die Autobahn zu erreichen und hätten ihre Beute und sich selber in Sicherheit gebracht.

„Hast du so etwas schon mal gesehen? Hup nochmal."

Aber auch wiederholtes Hupen bringt die Pferde nicht dazu, die Straße freizugeben. Wie angenagelt stehen sie auf dem schmalen Waldweg.

„Denen werde ich Beine machen", knurrt der Langhaarige wütend und springt aus dem Auto.

Mit einem Stock, den er aufgelesen hat, droht er den Pferden, und tatsächlich, zumindestens eins der Pferde scheint beeindruckt. Ein braunes Islandpony reißt die Augen erschrocken auf und läuft, seiner Pferdenatur entsprechend, in den Wald. Aber die vier anderen Pferde legen die Ohren an und machen völlig unerwartet Front gegen den Mann. Der kleine dunkle Hengst steigt sogar auf die Hinterbeine und schlägt mit den Vorderhufen. So geht es eine Weile hin und her zwischen ihnen und dem Mann, der sie verzweifelt von der Straße zu treiben versucht. Der erfahrene Pferdedieb schlägt gezielt mit dem langen Stock nach den Tieren. Um nicht empfindlich an der Nase getroffen zu werden, müssen sie Schritt für Schritt zurückweichen. Langsam, aber sicher macht der Lieferwagen Boden gut.

„Wir müssen Hilfe rufen. So schaffen wir es nicht. Sie kommen der Straße immer näher!", ruft Monika. „Aber was können wir als Pferde mitten im Wald machen?"

„Das ist die Lösung!", schnauft Kristin. „Ich hab doch mein Handy in der Jackentasche! Aber zum Telefonieren muss ich mich natürlich zu-

rückverwandeln. Schafft ihr drei das auch alleine?"

„Keine Sorge – Kleinigkeit!", sagt Albehart lässig und steigt wieder auf die Hinterhufe.

Schattenfell dringt von der anderen Seite auf den Mann ein, der diesmal seinerseits den schlagenden Hufen ausweichen muss.

„Mach schon. Da hinten kommt der Kombi und langsam wird es eng", mahnt Monika zur Eile.

Während Monika, Schattenfell und Albehart um jeden Fußbreit Boden kämpfen, läuft Kristin ein Stück weit weg, so dass sie von den Männern nicht mehr gesehen werden kann.

„So, jetzt sind es nur noch drei. Das haben wir gleich", ruft der Mann mit den schwarzen Haaren dem Fahrer des Lieferwagens siegessicher zu.

„Ja, gleich hast du es. Aber pass auf. Vielleicht haben die Tollwut. So etwas hab ich ja noch nie gesehen!", warnt dieser.

In der Zwischenzeit hat Kristin den Pferdegürtel abgestreift und dadurch ihre normale Gestalt wiedererlangt.

‚Wie gut, dass das Verwandeln mit den Gürteln so einfach und problemlos geht!', denkt sie, während sie das Handy aus der Jackentasche zieht. Zum Glück hat sie die Nummer von *Drei Eichen* gespeichert – das spart Zeit! Herr Schwegler meldet sich sofort.

„Herr Schwegler? Schicken Sie schnell die Polizei zu dem alten Gestüt."

„Welches alte Gestüt? Wo seid ihr denn überhaupt?"

„Ja, das verlassene hinter dem Birkenwald, ich weiß nicht, wie es heißt. Bitte, machen Sie schnell! Die Diebe schaffen gerade unsere Pferde weg! Wenn die Polizei nicht sofort kommt, sind sie über alle Berge!"

„Wie viele sind es denn?"

„Zwei Autos, mindestens vier Männer! Bitte beeilen Sie sich!", ruft sie und legt auf, um wieder ihren Freunden beispringen zu können.

Erschrocken hat Kristin nämlich beobachtet, wie der Lieferwagen mit laut aufheulendem Motor auf Albehart zufuhr, so dass dieser sich mit einem großen Satz retten musste, um nicht angefahren zu werden.

„Bist du wahnsinnig?", schreit der Schwarzhaarige. „Wenn du das Pferd zusammenfährst, liegt es auf dem Weg, und wir kommen gar nicht mehr weg! Oh, Mann, auch das noch!"

Gerade hat er bemerkt, dass jetzt der linke Vorderreifen in einer schlammigen Pfütze steckt und durchdreht. Fluchend beginnen die beiden Männer, auf dem Waldboden herumliegende Holzstücke unter den Reifen zu schieben, damit dieser wieder greift. Pausenlos fallen die Pferde sie an, so dass sie ständig gestört werden.

Unablässig zeternd, aber schnell und geschickt machen die beiden Männer trotzdem den Wagen wieder flott, und nach wenigen Minuten haben sie auch noch einen kleinen Knüppeldamm durch den schlammigen Teil des Weges gelegt.

„So, das müsste reichen. Jetzt aber nichts wie weg", schnauft der Fahrer des Lieferwagens beim Einsteigen.

„Was glotzt ihr so blöd?", schreit der Langhaarige schwitzend und entnervt in Richtung der Pferde, die in diesem Moment zu dritt auf dem Weg stehen und für die nächste Runde des Kampfes etwas verschnaufen.

Aufmerksam beobachten sie die Männer und warten darauf, dass das Auto erneut loszufahren versucht. Der Schwarzhaarige greift den Stock wieder fester und geht vor dem Auto her auf die Tiere zu.

„Geschafft, Herr Schwegler war sofort dran und wird die Polizei alarmieren", wiehert Kristin laut. „Bis dahin müssen wir noch durchhalten!"

Sie hat sich unmittelbar nach dem Anruf zurück in ein Pferd verwandelt und ist den anderen wieder beigesprungen. Die beiden Hengste versuchen, den Schwarzhaarigen zwischen sich zu bekommen und wehren den ersten Angriff ab. Wie auf glühenden Kohlen sitzend schaut Kristin ständig in die Richtung, aus der die Hilfe kommen müsste. Zäh verteidigend können sie doch nicht verhindern, dass die Pferdediebe Schritt für Schritt vorankommen. Endlich sieht sie einen Polizeiwagen von der Straße her kommen.

„Die Polizei kommt!", jubelt sie. „Passt auf, dass sie uns nicht sehen. Schnell hier durch die Büsche!"

Möglichst unauffällig verschwinden die Pferde im Wald, um nicht von der Polizei entdeckt zu werden.

„Endlich sind die blöden Viecher weg", sagt der Schwarzhaarige, als er ins Auto springt.

„Was war das denn für ein Spuk?"

„Egal! Jetzt aber ab durch die Mitte", antwortet sein Komplize. „Oh, verdammt ...!"

Jetzt erst hat er die Polizeiwagen entdeckt, die auf sie zufahren. Getarnt hinter Büschen beobachten Kristin, Monika, Albehart, Schattenfell und Freija, die dem Kampf aus sicherer Entfernung zugesehen hat, wie mehrere Polizisten aus zwei Polizeiautos springen und die Pferdediebe im Lieferwagen festnehmen. Die Männer aus dem blauen Kombi, der mittlerweile den Lieferwagen eingeholt hatte, versuchen, zu Fuß durch den Wald zu flüchten. Schnell werden sie gestellt und ebenfalls festgenommen.

„Los, zurück zum Gutshof, sonst sind sie noch vor uns wieder da", sagt Kristin und in Jubelstimmung traben die Pferde an.

„Sag mal, wie hast du das eben eigentlich gemacht?", fragt Albehart später Kristin, die gerade Schattenfell den Sattel auf den Rücken legt.

„Was meinst du?", antwortet sie mit gerunzelter Stirn.

„Ja, wir waren doch mitten im Wald, und weit und breit war niemand. Wie hast du denn die Polizei gerufen?", erklärt er.

„Na, ich hab einfach den Gürtel abgestreift, so dass ich meine normale Gestalt wieder hatte, und dann habe ich Herrn Schwegler angerufen", meint sie mit überraschter Miene. „Was hättest du denn gemacht?"

„Keine Ahnung, darum frage ich ja", antwortet Albehart. „Wie hast du denn gerufen? Ich habe gar nichts gehört."

„Na, einfach angerufen. Mit dem Telefon", erklärt Kristin und wundert sich, warum Albehart so schwer von Begriff ist.

„Was ist denn ein Delleffon?", fragt Albehart, und nun begreift Kristin endlich, dass er noch nie ein Telefon, geschweige denn ein Mobiltelefon, gesehen hat.

„Hast du noch nie ein Handy gesehen?", fragt sie und klappt ihr Gerät auf. „Hier, das ist ganz einfach. Du musst nur die Nummer wählen, und schon kannst du von überall mit jedem sprechen, der auch eines hat."

Staunend nimmt Albehart das Telefon in die Hand und lässt es im gleichen Moment erschrocken fallen, denn es beginnt, Musik zu spielen.

„Pass doch besser auf! Wenn es in eine Pfütze fällt, ist es hin", sagt Kristin etwas ärgerlich, hebt das Handy auf und meldet sich.

„Wir sind fast wieder am Gutshof angekommen", sagt sie dann, nachdem sie eine Weile nur das kleine Gerät ans Ohr gedrückt hatte. „Das ist ja toll, dass die Polizei die Diebe erwischt hat", fährt sie in dem ahnungslosesten Ton, den sie schafft, fort. „Klasse, alle Pferde sind wiedergefunden und wohlauf. Bis gleich – tschüss!"

„Warum hast du so komisch gesprochen?", fragt Albehart.

„Wie komisch?", antwortet Kristin.

„Ja, so abgehackt. Und immer wieder mit Pausen dazwischen", erklärt Albehart.

Verblüfft erfährt er, dass Kristin gerade mit Herrn Schwegler gesprochen hat, obwohl der doch auf *Drei Eichen* ist.

„Toller Zauber", sagt Albehart ehrfurchtsvoll. „Und ihr behauptet, dass so ein Pferdegürtel euch beeindruckt."

„Was willst du eigentlich Herrn Schwegler erzählen?", mischt sich Monika ein, bevor sie das Thema vertiefen können.

Schattenfell und Freija sind mittlerweile fertig gesattelt und aufgezäumt, so dass die Mädchen eigentlich losreiten könnten.

„Was meinst du?", fragt Kristin.

„Na ja. Wie sind wir denn auf die richtigen Täter gekommen?", wird Monika deutlicher.

„Wir können ja schlecht sagen, dass Schattenfell die Schurken von gestern wiedererkannt hat ..."

„Krass, korrekt", stellt Albehart fest. „Da müsst ihr euch noch etwas einfallen lassen. Ihr könntet doch sagen, dass ich die Diebe erkannt habe."

„Da würde man uns genauso auslachen. Keiner glaubt, dass es Wichtelmänner außerhalb von Grimms Märchen gibt", wehrt Monika ab.

„Ach, wir stellen uns ganz dumm", sagt Kristin schließlich. „Wir sagen, dass wir nur so drauflosgeritten sind und zufällig die Pferde beim Einladen am alten Gestüt erkannt haben."

„Kann klappen", sagt Monika. „Aber die Geschichte musst du auftischen. Ich bekomme immer rote Ohren beim Lügen."

„Kein Problem, im Geschichtenauftischen bin ich geübt. Und wenn die Diebe von wildgewordenen Pferden erzählen, ernten sie die Lacher des Jahrhunderts."

Kristin lächelt Monika verschmitzt an. Die muss bei dem Gedanken, wie sich die Diebe fühlen, kichern. So knapp vor dem Ziel von „wildgewordenen Geisterpferden" abgefangen zu werden, gibt ihnen sicher für den Rest ihres Lebens zu denken!

„Also dann bis morgen. Gleiche Stelle, gleiche Welle", verabschiedet sie sich von Albehart.

„Wir werden dir alles haarklein erzählen – verlass dich drauf!"

Ein bisschen wehmütig beobachtet Albehart die Mädchen, die in leichtem Trab zum Gutshof reiten. Er wäre gerne mitgekommen.

Alte Bekannte der Kollegen in Ulm

„Ihr Bekannter, der Herr Hannen, wurde soeben aufgegriffen", sagt Kommissar Peters zu Herrn Schwegler und steckt sein Telefon wieder in die Tasche. „Er wird umgehend hierher gebracht. Die Pferde sollten auch jeden Moment kommen, und die Diebe werden gegenwärtig noch verhört. Das läuft wie geschmiert."

Unmittelbar nach dem Anruf von Herrn Schwegler, der der Polizei Kristins Hilferuf sofort weitergeleitet hatte, schickte der Kommissar seine Leute los, die Diebe zu stellen. Er selber kam dann direkt nach *Drei Eichen*, um hier Martin Hannen, in dem er den Drahtzieher vermutet, zu verhören.

„Dann werden wir den Fall wohl heute noch aufklären können", sagt Kommissar Peters zuversichtlich und schaut ungeduldig die Auffahrt entlang.

„Also nochmal", wiederholt Kommissar Peters sicher zum zehnten Mal in gelangweiltem Ton.

Er sitzt mit Martin Hannen und einem weiteren Beamten, der das Protokoll führt, in dem kleinen Zimmer, in dem der Pferdehändler schon am gestrigen Nachmittag mit seinem alten Freund Schwegler saß. Die Polizisten sind sich ziemlich sicher, dass er für die Diebe den Reithof ausgespäht hat, und verhören ihn schon seit einer ganzen Stunde.

„Sie sind also nur ganz zufällig hier gewesen", spricht Kommissar Peters weiter. Er sagt gedehnt „gaaaanz" um Martin Hannen klarzumachen, dass er kein Wort seiner Aussage glaubt.

„Und gaaaaanz zufällig sind in der darauffolgenden Nacht genau die wertvollsten Tiere gestohlen worden. Und bei der Telefonnummer haben Sie sich nicht verschrieben, sondern das hier soll eine sieben und keine eins sein ..."

Immer wieder gehen sie mit Martin Hannen seine Aussagen durch, um ihn vielleicht in Widersprüche zu verwickeln. Aber der bleibt auch jetzt standhaft bei seiner Darstellung, von allem nichts gewusst zu haben, obwohl ihm mittlerweile die Erschöpfung ins Gesicht geschrieben steht.

In dem Moment klopft es an der Tür und ein weiterer Beamter kommt herein.

„Die ersten Ermittlungsergebnisse", sagt er und gibt Kommissar Peters einige Seiten bedrucktes Papier.

Gemeinsam gehen die beiden Beamten vor die Tür, wo sie in gedämpftem Ton weitersprechen, so dass Martin Hannen sie nicht verstehen kann.

„Alte Bekannte unserer Kollegen in Ulm. Sie sind seit mindestens drei Monaten hier in der Gegend tätig und haben vermutlich schon wenigstens acht Mal Pferdediebstähle nach genau dem gleichen Muster durchgeführt. Zum Glück wurden bei anderen Diebstählen Fingerabdrücke und Fetzen von in Beruhigungsmittel getränkter Watte sichergestellt. Wir müssen noch die Ergebnisse des Abgleichs abwarten, sind uns aber ziemlich sicher, sie dann direkt überführen zu können", führt der Beamte aus.

„Danke, das wirft ein neues Licht auf die Sache. Lass zur Sicherheit noch die Telefonate von Herrn Hannen und den Pferdedieben aus der letzten Woche überprüfen, ob sie nicht doch miteinander Kontakt hatten", verabschiedet Kommissar Peters seinen Mitarbeiter und setzt sich wieder zu Herr Hannen.

Er schaut sein Gegenüber fest an und ordnet seine Gedanken.

„Wo waren Sie in den letzten beiden Monaten?", nimmt er das Verhör schließlich wieder auf, und Herr Hannen glaubt herauszuhören, dass es jetzt besser für ihn steht.

Er kann mithilfe einiger Telefonate, Hotel- und Benzinrechnungen belegen, dass er immer weit weg von den Tatorten der Pferdediebe war, und sich somit entlasten.

„Dann unterschreiben Sie bitte hier noch das Protokoll", schließt Kommissar Peters die Befragung ab. „Ich wünsche Ihnen noch einen schönen Tag und hoffe, dass Sie verstehen, dass wir Sie verdächtigt haben."

„Eigentlich ist es völlig logisch", antwortet Martin Hannen erleichtert und ohne Groll, „dass Sie mich verdächtigt haben. Das nennt man wohl zur falschen Zeit am falschen Ort sein.

Und dass ich mir in den USA die andere Zahlenschreibweise angewöhnt habe, hätte ich an Ihrer Stelle auch für eine plumpe Ausrede gehalten. In Amerika schreibt man ja die Eins nur mit einem Strich und die Sieben ohne Querstrich. Eine Eins, so wie wir sie schreiben, wird als schlampig geschriebene Sieben gelesen. Ich habe mich blitzartig umgewöhnt, als ich einmal 600 Dollar zu viel gezahlt hatte. Damals bekam jemand für einen Scheck von mir, der über 100 Dollar ausgestellt war, 700 Dollar ausbezahlt."

„Die Lektion war teuer", meint Kommissar Peters schmunzelnd.

Inzwischen sind die beiden wieder nach draußen zu Herrn Schwegler gegangen, der sich mit Karl und Petra davon überzeugt, dass seine Pferde wohlauf und unverletzt sind.

„Ruft doch noch die alte Trude", sagt er dann, bevor er sich Kommissar Peters und Martin Hannen zuwendet. „Sicher ist sicher. Martin, du strahlst so! Hat sich alles aufgeklärt?"

„Ja, zum Glück. Die Männer gehören offensichtlich zu einer Diebesbande, die hier in Süddeutschland schon eine ganze Serie von Diebstählen verübt hat, wie mir Kommissar Peters gerade berichtet hat", erklärt er seinem Studienfreund. „Und dass ich nur gestern Abend in der gleichen Gegend war, hat mich dann entlastet. Außerdem ist die Bande wohl geständig und hat ausgesagt, dass ich nichts mit ihnen zu tun habe."

„Wir möchten uns an dieser Stelle verabschieden. Es gibt noch viel zu tun", unterbricht Kommissar Peters.

„Ich bin Ihnen ja so dankbar, dass Sie diesen Fall so schnell geklärt haben. Das hätte wirklich übel für *Drei Eichen* enden können", bedankt sich Herr Schwegler.

„Aber nicht doch. Der Dank gebührt vielmehr Ihren Reitschülern. Wir brauchten die Ganoven nur noch einzusammeln", wehrt Kommissar Peters ab. „Bei denen müssen Sie sich bedanken, und ich könnte mir vorstellen, dass es darüber hinaus eine Belohnung geben wird. Die Diebe haben so viel Schaden angerichtet, dass sicher jemand eine ausgelobt hat."

Mit diesen Worten gibt er seinen Beamten das Zeichen zum Aufbruch und die alten Freunde Schwegler und Hannen schauen ihnen nach, wie sie die Zufahrt hinunterrollen und zwischen den Alleebäumen verschwinden.

Da hat das rote Pferd …

„Martin, bleib doch heute Abend hier. Ich gehe mal davon aus, dass du nichts Besonderes

mehr vorhast, und bei uns gibt es heute ein großes Fest", lädt Herr Schwegler seinen alten
Freund ein und streckt ihm die Hand hin. Er hat
ein schlechtes Gewissen, seinem Freund so
wenig vertraut zu haben.

„Auch wenn wir uns so lange nicht gesehen
haben, hätte ich dich nie verdächtigen dürfen."

„Nein, nein. Das verstehe ich schon", antwortet Martin Hannen. „Ich in deiner Haut hätte
sicher genauso gedacht. Schwamm drüber. Lass
uns feiern! Wir haben allen Grund dazu."

An diesem Abend steigt auf *Drei Eichen* ein
rauschendes Fest. Karl hat einen riesigen Grill
aufgebaut und brät Würste, Schwenkbraten und
Gemüsespieße, bis es schon lange dunkel ist.
Dazu gibt es alle möglichen Salate und Kuchen,
denn die Kinder haben kräftig mitgeholfen, alles
vorzubereiten. Als es sich alle an den langen Ti-
schen richtig gemütlich gemacht haben, steht
Herr Schwegler auf und klopft an sein Glas.
Langsam verstummen die Gespräche und alle
schauen zu ihm hin.

„Heute ist einer der glücklichsten Tage in
meinem Leben, obwohl er so schrecklich angefangen hat. Durch eure Mithilfe wurde der Reiterhof *Drei Eichen* gerettet. Pferdediebe haben
sich nachts hier eingeschlichen und einige unse-

rer Tiere gestohlen. Hätten wir sie nicht wieder-
bekommen, wäre es das Ende von *Drei Eichen*
gewesen! Aber ihr alle habt getan, was in eurer
Macht stand, und so ist es gelungen, die Diebe
dingfest zu machen. Für die Polizei waren
sie keine Unbekannten. Sie haben schon eine
ganze Reihe von Pferdediebstählen in diesem
Jahr verübt, und es wurde intensiv nach ihnen
gefahndet. Dafür meinen Dank aus vollstem
Herzen."

Er macht eine kurze Pause und blickt dann
zu Monika und Kristin.

„Ganz besonders danken möchte ich aber
Monika und Kristin, die die Diebe in ihrem Versteck aufgespürt und geistesgegenwärtig über ihr
Telefon Hilfe gerufen haben. Ich bitte euch, mit
mir auf Kristin und Monika anzustoßen!",
schließt er seine kleine Rede und alle erheben
ihre Gläser.

„Und auf Schattenfell und Freija", fügt Kristin hinzu, „ohne die wir keine Chance gehabt
hätten!"

„Ja, auch auf Schattenfell und Freija", stimmt
Herr Schwegler gutgelaunt zu.

Natürlich ahnt er nicht einmal, dass es tatsächlich Schattenfell ist, dem der größte Dank
gebührt. Dann prosten sich alle zu, bevor sie lustig weiterfeiern.

Richtig romantisch wird es später, als Herr Schwegler und Petra ihre Gitarren holen und sich alle um das Lagerfeuer setzen, das Karl zwischenzeitlich angezündet hat. Die anfängliche Zurückhaltung ist schnell überwunden und bald singen alle Kinder zu der Gitarrenmusik.

Da hat das rote Pferd,
sich einfach umgedreht
...

ertönt gerade zu der Melodie des alten Schlagers von Edith Piaf, als Kristin einen Knuff in ihrer Seite spürt.

„Mach mal ein bisschen Platz!", raunt ihr Albehart zu, der sich unsichtbar herangeschlichen hat und sich jetzt zwischen Kristin und Monika quetscht.

„Dabei sein ist doch viel besser, als es nur von euch morgen erzählt zu bekommen!"

...

und hat mit seinem Schwanz die Fliege abgewehrt
...

singen alle aus vollen Hälsen weiter.
...

die Fliege war nicht dumm,
sie machte summ, summ, summ,
...

singt dann auch Albehart laut mit, was aber nur die beiden Mädchen bemerken. Überrascht und belustigt schaut Monika Kristin an, die sich kaum das Lachen verkneifen kann.

Nur Alexandra-Christiana und ihre beiden Freundinnen sitzen ein wenig abseits. Misstrauisch schauen sie zu Kristin und Monika. Sie haben nicht vergessen, dass sie heute schon wieder eine Gruppe ungesattelter Pferde gesehen haben, von denen zwei wie Schattenfell und Freija aussahen. Und warum ist da auf einmal diese Lücke zwischen Kristin und Monika, obwohl sich die beiden doch prächtig verstehen?

***

Mehr zu Schattenfell und seinen Freunden erfährst du unter www.schattenfell-online.de.